Als stünde es auf meiner Stirn geschrieben

Elvan Göktas

Als stünde es auf meiner Stirn geschrieben

Die Geschichte einer Flucht

db-verlag

«Jenseits von Richtig und Falsch liegt ein Ort,
dort treffen wir uns.»

Dschalaluddin Rumi 1207–1273

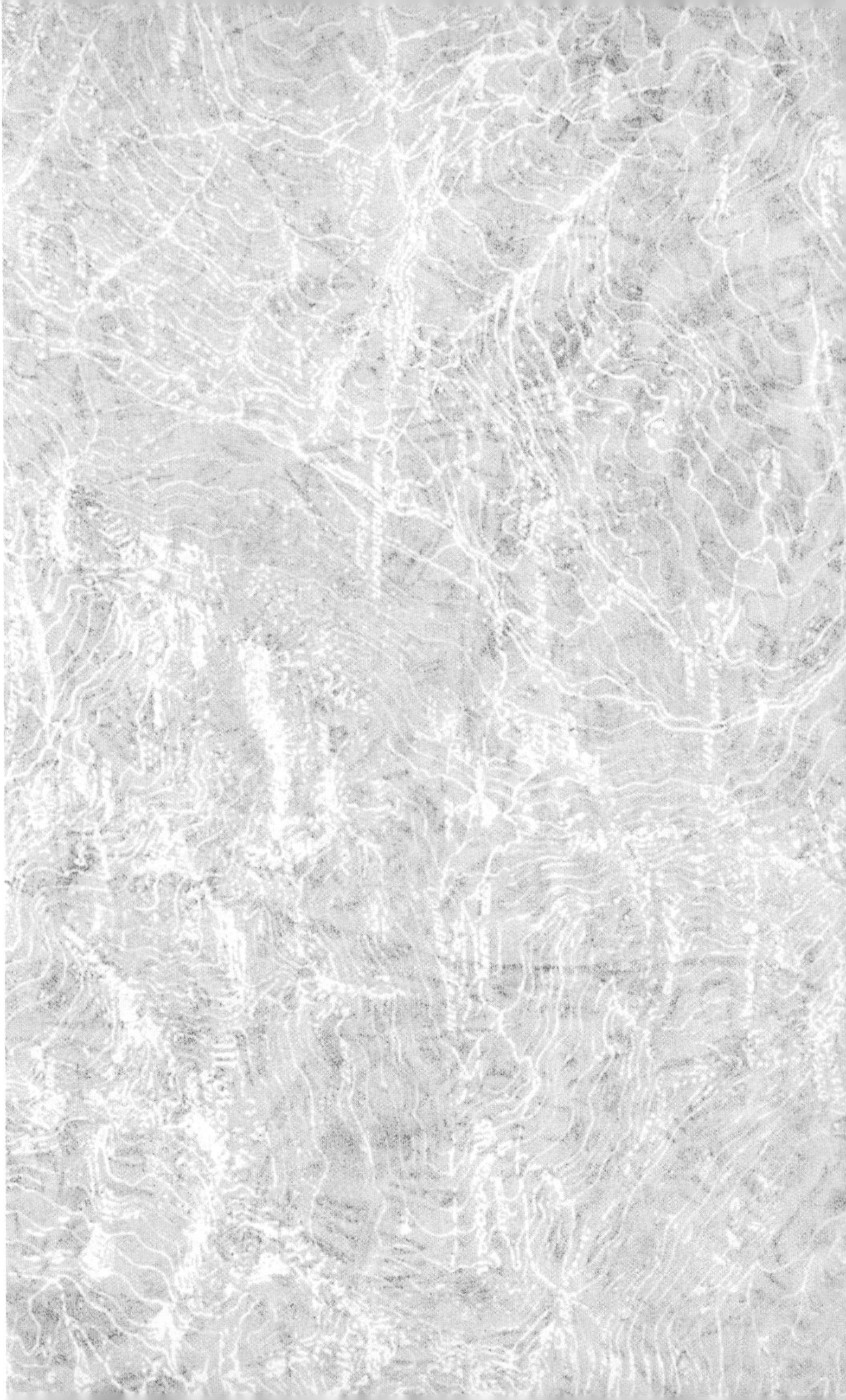

Von der Weltbürgerin zum Flüchtlingskind

«Rein in den Korb! Du bist eine Wassermelone!», rief ich fröhlich und schubste meinen Cousin in einen geflochtenen Korb. Sein Bruder hielt den Korb rechts, ich links. Singend gingen wir den steinigen Weg entlang zum Haus unserer Urgrossmutter. Nun protestierte mein Bruder lautstark: «Ich will auch! Ich will auch die Wassermelone sein!» Doch für zwei Wassermelonen war der Korb definitiv zu klein. «Komm raus, meine süsse Wassermelone», sagte meine jüngste Tante und hob meinen Cousin aus dem Korb. Mein Bruder hüpfte hinein. Nun trugen unsere Tanten eine noch schwerere Wassermelone als zuvor.

Die ersten elf Jahre meines Lebens verbrachte ich an drei verschiedenen Orten in der Türkei: in Malatya, einer Stadt im Südosten des Landes, in einem Dorf unweit von Malatya, aus dem die Familie meines Vaters stammt, und kurze Zeit in Istanbul. Ich durfte in einer grossen Familie aufwachsen und wurde von meinen Eltern, Grosseltern und Verwandten geliebt, beschützt und unterstützt. Zugleich musste ich mich aber schon als Kind an eine überaus wichtige Anweisung halten: Es war tabu, von unserer Religionszugehörigkeit zum alevitischen Glauben zu reden.

Geboren wurde ich an einem sonnigen Frühlingsabend im Jahr 1978 in Malatya. Die Freude meiner Eltern über ihr erstes Kind und meiner Grosseltern über ihre Enkelin, die Tochter ihres einzigen Sohnes, war gross. Obwohl ich ein Mädchen war – in jener Zeit wurde als erstes immer männlicher Nachwuchs erhofft – wurden für mich die Rituale vollzogen, wie sie bei der Geburt eines Jungen üblich waren: Schafe wurden geopfert, eine Feier wurde organisiert. Ich wurde mit Liebe aufgenommen, so, wie es sein sollte.

Mein Vater war der einzige Sohn eines Stoffhändlers, der aus dem Dorf in die Stadt gezogen war und es zu Ansehen und Vermögen gebracht hatte. Er war Türke und gehörte wie alle Menschen in diesem Dorf dem alevitischen Glauben an. Meine Mutter stammt aus einer türkisch-kurdischen Familie mit armenischen Wurzeln. Sie kam in einem Dorf in der Nähe des Dorfes meines Vaters auf die Welt. In diesem Dorf, das nur aus sieben Häusern besteht, sind alle miteinander verwandt, und alle sind Aleviten.

In der Türkei bilden die Aleviten die zweitgrösste Religionsgemeinschaft, werden aber leider nach wie vor nicht als konfessionelle Minderheit anerkannt. In den Geburtsurkunden wird als Religion der Islam aufgeführt. Es gibt keine offiziellen Zahlen über den alevitischen Bevölkerungsanteil. Ich kann deshalb nur die Schätzung von etwa 23 Prozent nennen. Die überwiegende Mehrheit der türkischen Bevölkerung bilden Sunniten, unabhängig davon, ob die Menschen türkischer oder kurdischer Abstammung sind. In der Türkei leben auch noch vereinzelt Christen, wie zum Beispiel aramäische Christen oder Christen aus Armenien, Bulgarien und Griechenland.

Die türkischen Aleviten betrachten sich als Muslime. Doch anders als die Sunniten leben die allermeisten nicht nach dem Prinzip der Fünf Säulen des Islam und nach der Sunna, den überlieferten Aussprüchen und Handlungen des Propheten Mohammed. So praktizieren Aleviten das Gebetsritual in der Regel nicht. Weder gehen sie zur Moschee, noch unternehmen sie die Pilgerfahrt nach Mekka oder fasten im Fastenmonat Ramadan.

Manche Aleviten fasten zwölf Tage im Jahr für die zwölf Imame, die Nachfolger des Propheten Mohammed. Der Koran ist für Aleviten, im Gegensatz zur Scharia, kein Gesetzbuch, sondern die Niederschrift von Offenbarungen. Polygamie ist verboten.

Viele Aleviten glauben an Gott, manche von ihnen an dessen Gesandten, Prophet Mohammed, und leben nach der Lehre des Kalifen Ali. Ali war der Cousin von Prophet Mohammed und zugleich sein Schwiegersohn. Ali zog als Kind in das Haus des Propheten ein und wurde von ihm grossgezogen. Er widmete sein Leben dem Islam und dem Propheten Mohammed. Nach dem Tod des Propheten Mohammed vollzog sich im muslimischen Glauben die Spaltung in Schiiten und Sunniten. Als Grund wird der Streit um die rechtmässige Nachfolge des Propheten genannt. Über die Jahrhunderte lösten sich dann die Aleviten als eigenständige Religionsgemeinschaft vom schiitischen Islam ab.

Nach sunnitischer Lehre ist Ali der vierte Kalif. Gemäss schiitischer Auffassung ist Ali der erste Imam, der rechtmässige Nachfolger des Propheten Mohammed. Die Überlieferung erzählt die Geschichte, dass Ali im Gotteshaus während des Gebets mit einem Dolch ermordet wurde. Deshalb gehen viele Aleviten nicht in die Moschee und verrichten das Gebet nicht. Es ist ein unsinniger Protest gegen den Mord an ihrem Religionsgründer Ali, für mich persönlich unverständlich. Der Dolch aber ist heute noch das wichtigste Symbol der Aleviten.

Die heutigen türkischen Aleviten unterscheiden sich grundsätzlich von den Schiiten. Eines haben sie aber gemeinsam: die Liebe zu Ali und dessen Nachkommen. «Alevi» zu sein bedeutet, ein Liebender Alis zu sein. Nach mancher orthodoxen Islamauffassung sind die Aleviten keine Muslime, sondern eine mystische Religionsgemeinschaft, die vor über 4'000 Jahren in Mesopotamien entstand. Da die allermeisten Aleviten die Pflichten des Islams nicht anerkennen, gelten sie in den Augen vieler sunnitischer Mitbürger nicht als Muslime. Doch in meiner Verwandtschaft gibt es Menschen, die nach den Fünf Säulen des Islam leben, obwohl sie Aleviten sind. Aber nicht aus diesem Grund, sondern weil es meinen Grundwerten entspricht, erlaube ich mir niemals, einen Menschen wegen seiner Religionszugehörigkeit zu bewerten. Wer hat sich schon im Mutterleib seine Religion, seinen Geburtsort oder seine Eltern ausgesucht?

Für die Aleviten sind wir alle in erster Linie Menschen. Keine Dogmen, sondern der Mensch als eigenverantwortliches Wesen und das Verhältnis zu den Mitmenschen stehen im Mittelpunkt der Religion. «Jeder ist für sich selbst verantwortlich», sagt ein weiser Sinnspruch. Die Werte der Aleviten lassen sich mit folgenden fundamentalen Sätzen zusammenfassen: «Beherrsche deine Hände, deine Zunge und deine Lenden.» – «Leben und leben lassen!» Diese Aussagen haben mir auch meine Eltern mit auf den Weg gegeben. Aleviten respektieren Menschen anderen Glaubens und betrachten sie als Geschwister. Entscheidungs- und Glaubensfreiheit schätzen sie hoch, und fast alle von ihnen vertreten eine linke Politik, vergleichbar mit der Sozialdemokratie in Westeuropa – wenn sie es denn überhaupt wagen, mit ihrer Meinung an die Öffentlichkeit zu treten.

Natürlich beten die Aleviten auch. Im Stillen, genau wie die anderen Muslime, mit dem offenen Handinnenflächen nach oben gerichtet. Die religiöse Versammlung der Aleviten heisst «Cem». Frauen und Männer nehmen gleichberechtigt daran teil. «Semah» heisst die Gebetsform, die in der Cem-Zeremonie vorgetragen wird. In dieser Zeremonie drehen sich die Semah-Mitglieder, die rechte Handinnenfläche offen gegen den Himmel gerichtet und die linke zum Boden, um die eigene Achse. So entsteht eine sich drehende kreisförmige Figur. Dieses Drehen stellt die ewigen Kreisläufe des Lebens und der Natur dar und symbolisiert die Vereinigung mit Gott, dem Universum, dem Leben, dem Tod, der Dankbarkeit, der Freude und dem Gemeinschaftssinn. Nach dem alevitischen Glauben kommt der Mensch mit einer unreifen Seele auf die Welt. Das Ziel jedes Menschen ist es, sich weiterzuentwickeln. Die Seele eines jeden ist unsterblich, sie strebt nach Vollkommenheit in Gott.

Seit jeher blieben die Aleviten meist unter sich und heirateten unter sich. Das kleine Volk ist sehr langsam, aber stetig gewachsen. Auch heute noch entsteht selten eine Ehe zwischen Sunniten und Aleviten, und falls es zu einer Heirat kommt, dann nur, weil diese Paare die Diskrepanzen zwischen den Religionsverzweigungen scheinbar überwunden haben. Doch im Hinterkopf ist der Gedanke fest verankert, dass einer der beiden ungläubig ist. Diese Ehen haben oft keine Langlebigkeit. Denn spätestens bei der Geburt der Kinder kommt die unweigerliche Auseinandersetzung wegen den Religionsunterschieden in Gang.

Die Geschichte der Aleviten ist voller Gewalt. Massaker und Pogrome gegen sie lassen sich bis zurück ins 15. Jahrhundert nachweisen. Im Osmanischen Reich gehörte es zur Tagesordnung, die «Ungläubigen», Aleviten und andere religiöse Minderheiten wie die Christen, blutig zu verfolgen. Diese Massaker endeten erst, als Mustafa Kemal Atatürk auf den Trümmern des Osmanischen Reiches 1923 die Republik Türkei gründete.

Aber die Diskriminierung der Aleviten hörte damit nicht auf. Zum Ende von Atatürks Lebzeiten 1937 und 1938 geschah ein immenses Massaker mit schätzungsweise 80'000 Toten in Dersim, der heutigen Provinz Tunceli. Noch heute singt man Trauerlieder über diese unfassbare Vernichtung und vergewaltigten Mädchen und Frauen.

Auch in den vergangenen Jahrzehnten verfolgten und ermordeten orthodoxe Muslime Aleviten in mehreren türkischen Städten. So in Malatya (1978), Kahramanmaras (1978), Corum (1980), Sivas (1993), im Istanbuler Stadtteil Gaziosmanpasa (1995) und in Ümraniye (1995). In Sivas war das Massaker besonders grausam. Ein Hotel wurde in Brand gesetzt. 33 Freidenker, vor allem Schriftsteller, zwei Hotelangestellte und zwei Protestierende verbrannten am helllichten Tag. So befürchten Aleviten auch im 21. Jahrhundert, jederzeit zur Zielscheibe von Hass und Gewalt zu werden. Sie wissen, dass sie als Ungläubige bezeichnet werden und deshalb Abgrenzung und Anfeindung erfahren. Seit ich mich erinnern kann, wurde mir von meiner Familie verboten, darüber zu sprechen, dass wir Aleviten sind – damit wir nicht zu den Unerwünschten gehörten, damit uns nichts zustiess, damit wir ohne Bedrohung leben konnten.

Verfolgung erfuhr meine Familie am eigenen Leib. Die grosse Freude über meine Geburt wurde bald von einem Attentat überschattet. Am 17. April 1978 wurde in Malatya ein Bombenanschlag auf den Stadtpräsidenten verübt. Für diesen Anschlag waren Nationalisten verantwortlich, aber er wurde den alevitischen Sozialisten in die Schuhe geschoben. In Malatya war die Lage sehr günstig, um zwischen Sunniten und Aleviten Unruhe auszulösen. Wieder einmal war das Feuer geschürt. Es kam zu

Übergriffen auf die alevitische Bevölkerung. Aleviten wurden auf offener Strasse angegriffen. Auch in den umliegenden Städten konnten sie sich ihres Lebens nicht mehr sicher sein. Die Unruhen breiteten sich im Nu aus. Verfolgung, Unterdrückung und Morde beherrschten den Alltag in Malatya und in den umliegenden mehrheitlich von Aleviten bevölkerten Ortschaften.

Mein Grossvater war ein angesehener Geschäftsmann in Malatya, wo vor allem Sunniten leben. Er verkaufte Stoffe. Nur wenige seiner engsten Vertrauten, die ihn wahrlich mochten, wussten, dass wir nicht Sunniten waren. Als Geschäftsmann war es für ihn sehr wichtig, in einer von sunnitischen Mitmenschen bevölkerten Stadt akzeptiert zu werden. Natürlich wussten auch einige andere, dass wir Aleviten sind, denn in der Nachbarschaft weiss man, aus welchem Ort jemand kommt und somit welcher Religionsgemeinschaft man angehört. Öffentlich durfte man aber nicht darüber reden.

Zu jener Zeit waren meine Eltern gerade ein Jahr verheiratet, beide achtzehnjährig. Meine Mutter war Hausfrau. Mein Vater war noch Schüler und besuchte die Abendschule mit dem Ziel, studieren zu können. Zu jener Zeit war es Tradition, dass einer der verheirateten Söhne im gleichen Haushalt lebte wie seine Eltern.

Ein Tag nach dem Bombenanschlag auf den Stadtpräsidenten begannen in meiner Geburtsstadt die Brandstiftungen. Viele Häuser und Geschäfte von Aleviten wurden in Brand gesetzt – sie waren schon vor dem Anschlag mit einem Symbol gekennzeichnet worden. Auch das Geschäft meines Grossvaters wurde angezündet. Die Angst sass meinem Grossvater und meinem Vater im Nacken. Sie hörten von vielen unmenschlichen Ereignissen.

Eines betraf drei junge Männer. Diese waren noch keine zwanzig Jahre jung, als sie entführt, gefoltert und ermordet wurden. Ihre Leichen wurden in unzählige Teile zerstückelt aufgefunden. Kurzerhand entschied mein Grossvater, das Oberhaupt der Familie, dass wir die Stadt von heute auf morgen zu verlassen hatten. Zufluchtsort war sein Geburtsort, wo ausschliesslich Aleviten lebten. So flüchteten wir am darauffolgenden Tag, ohne Hab und Gut mitzunehmen, mit einem Taxi. Bereits als Kleinstkind erlebte ich somit meine erste Flucht.

Meine Eltern und meine Grossmutter blieben genau ein Jahr im Geburtsdorf meines Grossvaters. Es liegt in einer grünen Landschaft. Überall, wo die Augen hinreichen, erblickt man Aprikosenplantagen. Die Strassen sind mit unzähligen Unebenheiten übersät. Wenn man durch das Dorf fährt, bilden sich Staubwolken. Früher hielt fast jeder Haushalt Gross- oder Kleinvieh, heute tun das nur noch vereinzelte Familien. Geblieben sind die herrenlosen Hunde. Sie sind so gross wie Kälber und man trifft sie überall im Dorf.

Mein Grossvater pendelte wegen des Geschäfts zwischen dem Dorf und der Stadt. Er hegte den Plan, für seinen Sohn einen Laden im Dorf zu eröffnen. Er gründete ein Geschäft, das die täglichen Lebensmittel und die nötigsten Stoffe anbot, setzte meinen Vater hinter die Theke und übergab ihm den Ladenschlüssel. Im Dorf lebte auch eine meiner Tanten, die zweite Schwester meines Vaters. Ich empfand eine tiefe Verbundenheit mit ihr. Später sass ich sooft wie möglich bei ihr zu Hause. Ich liebte es, wenn sie meine langen Haare kämmte und zu Zöpfen flocht. Meine Tante war gross gewachsen, zierlich und anders als die beiden anderen Tanten väterlicherseits. Man rief mir ihren Namen hinterher, weil ich ihr im Wesen anscheinend ähnelte. Nach einer Operation starb sie sehr jung an Herzversagen.

Eine Rückkehr in die Stadt war nicht geplant. Aber meine Mutter war schwanger und musste für die Geburt meines Bruders ins Spital nach Malatya. Im Dorf waren zur Zeit weder eine Hebamme noch ein Arzt tätig, welche die Entbindung hätten begleiten können. Unmittelbar nach der Geburt meines Bruders, als meine Mutter noch im Spital lag, entschied mein Grossvater, dass wir wieder in die Stadt umziehen würden. Er war das Oberhaupt der Familie. Die ganze Familie hörte auf ihn, ausnahmslos.

Die Unruhen in Malatya schienen entschärft. Trotzdem sorgte sich mein Grossvater sehr um seinen einzigen Sohn. Schliesslich war er das einzige überlebende männliche Kind meiner Grosseltern. Mein Grossvater liess meinen Vater nicht mehr aus den Augen und forderte ihn täglich auf, mit ins Geschäft zu kommen. Für meinen Vater war es unmöglich, sein Studium weiterzuverfolgen. Unmöglich, seine Lebensvorstellung zu verwirklichen. Er wäre gerne Arzt geworden, der Menschen zur Heilung verhalf, unabhängig und selbstbestimmt.

Eines Abends kam mein Vater nach der Schliessung des Geschäfts nicht pünktlich nach Hause. Mein Grossvater alarmierte die halbe Stadt, um seinen Sohn zu finden.

Das Leben meines Vaters wurde nach den Anschlägen von 1978 von seinem Vater bestimmt. Es behagte ihm gar nicht, sein Studium aufzugeben und stattdessen im Geschäft zu arbeiten. Er begann, Interesse an Politik zu zeigen und sich heimlich politisch zu engagieren. Er gesellte sich zu seinen Cousins, die verbotene

Zeitungen und Magazine verteilten und in Hinterhöfen mit Genossen debattierten. Kurze Zeit später wurden viele von ihnen verhaftet. Mein Grossvater kam dahinter, dass sein Sohn politisch aktiv war. Malatya bot für meinen Vater keinen Schutz mehr. Den einzigen Ausweg sah mein Grossvater darin, ihn von der Stadt fernzuhalten. Er beantragte eine neue Geburtsurkunde, auf der mein Vater um fünfzehn Monate älter gemacht wurde, als er tatsächlich war, und meldete ihn zum Militärdienst an. Der Militärdienst dauerte damals zwanzig Monate. Mein Grossvater wusste, dass sein Sohn weit weg und in Sicherheit sein würde. Kurze Zeit später trat mein Vater seinen Militärdienst an.

In diesen zwei Jahren wuchs ich ohne die Liebe und physische Nähe meines Vaters auf. Wir zogen zweimal um. Aus dieser Zeit habe ich vorwiegend Gerüche in meinem Unterbewusstsein bewahrt, Essig, Brot, Fleisch aus unserer Küche, aber auch die duftenden Fladenbrote aus den Bäckereien, den Duft des Schaschliks über Mittag in Grossvaters Laden und den Gestank der Abwässer. Als ich Malatya nach fast zwei Jahrzehnten wieder besuchte, durch die Strassen der Stadt schlenderte und nach unserem alten Zuhause Ausschau hielt, stieg mir ein Geruch in die Nase. Er war genau wie damals, wie in meiner Kindheit. Ich mochte den Geruch nicht, doch er versetzte mich in einem Zustand des Erinnerns. Plötzlich wusste ich, bei welcher Strasse ich wohin abbiegen musste, um unser altes Zuhause zu finden. Auch Gefühle aus meiner Kindheit stiegen in mir auf. Es war, als wäre ein Teil von mir hier nicht fremd. Irgendetwas Gewaltiges wehrte sich vehement dagegen, dass diese Stadt nicht mehr meine Heimat war.

Jeden Sommer fuhren wir zum Dorf meiner Grossmutter mütterlicherseits und verbrachten ein paar Wochen dort. Ich liebte es, unter den Pappeln zu sitzen und die Ruhe, die mich umgab, wahrzunehmen. Ich genoss es, mit meinem jüngsten Onkel auf dem Traktor über die Felder zu fahren. Mit meinen Kinderhänden half ich ihm, Unkraut zu jäten. Ich durfte auf Pferden reiten, die Eier im Hühnerstall einsammeln und mit Babyhirtenhunden spielen, die nächstes Jahr ausgewachsen sein würden, falls sie den harten Winter draussen überlebten. Dieses Dorf hat sich bis heute nicht stark verändert. Zwar vermisse ich den Dorfbrunnen, von dem ich mehrmals täglich mit kleinen Kanistern Wasser holte. Und ich vermisse die Pappelbäume, die unmittelbar in der Nähe des Hauses standen. Die Petroleumlampen, die mit ihren Flammen meine Abende verzauberten. Aber vor allem vermisse ich meinen jüngsten Onkel, einen der wundervollsten Menschen, dem ich in meinem bisherigen Leben begegnet bin. Mit seiner liebevollen, grosszügigen und warmherzigen Art umsorgte er alle, die ihn kannten. Vor zwölf Jahren verstarb dieser grosse und kräftige Mensch, für den Schuhe und Kleider extra angefertigt werden mussten, weil er so mächtig gebaut war. Im Alter von nur 38 Jahren erlitt er einen Hirnschlag. Auch den Sarg musste man extra in seiner Grösse anfertigen lassen. Meine Schwester und ich waren die einzigen Familienmitglieder, die an seiner Beerdigung nicht teilnehmen konnten. Als ich Wochen später vor seiner letzten Ruhestätte stand, realisierte ich, dass ich nicht nur in physischer Hinsicht einen mächtigen Onkel verloren hatte, sondern auch einen grossartigen Menschen.

Im Fastenmonat Ramadan liefen die Trommler in der Nacht durch die Strassen. Ihr Klang weckte mich auf. Meine Grossmutter erklärte mir liebevoll, was es bedeutete, zu fasten. Auch, dass wir Aleviten eine zwölftägige Fastenzeit haben, im Andenken an die zwölf Nachfolger des Propheten Mohammeds, von denen elf ermordet wurden. Die Grossmutter zündete in der Wohnung viele Lichter an. Sie dienten vor allem zur Tarnung. «Wir fasten», sollten die Lichter den Nachbarn und den Trommlern mitteilen. Es wäre zu offensichtlich, wenn unsere Wohnung als einzige nicht beleuchtet wäre. An manchen Ramadantagen, wenn ihr Diabetes es zuliess, fastete meine Grossmutter auch mit, an manchen Tagen nicht. In meiner Kindheit und in den Jahren danach habe ich von meiner Familie nie abschätzige Äusserungen über die sunnitische Bevölkerung oder eine andere Religion gehört. Ganz im Gegenteil: Der gleiche Gott hat uns alle erschaffen, erfuhr ich. In jenem Ramadan offenbarte sich mir die grenzenlose Liebe zur Schöpfung.

Kurz vor meinem sechsten Geburtstag liess mein Grossvater in Malatya ein grosses dreistöckiges Haus erbauen, das hinten von hohen Mauern umgeben war. Ein Stockwerk bewohnten wir – meine Grosseltern, die jüngste Schwester meines Vaters, meine Eltern, mein Bruder und ich. Die beiden anderen Stockwerke wurden an Menschen vermietet, die wir kannten. Schon immer gingen viele Menschen bei uns ein und aus. Die Grosszügigkeit meines Grossvaters war bekannt. Er bot jedem ein Zimmer an, der eine Bleibe benötigte. Auch Schüler, die aus dem Dorf in die Stadt kamen, um zu studieren, wurden bei uns untergebracht. Ich fühlte mich sehr wohl in unserem neuen Zuhause, denn es war hell, und ein grosser Garten umgab im hinteren Teil das Gebäude.

An einem Wochenende besuchte uns mein Onkel mütterlicherseits. Auch er gehörte zu denen, die meine Grosseltern für eine Zeit lang bei uns aufnahmen, damit er die Schule in Malatya besuchen konnte. Nach dem Essen gingen wir in den Garten, um zu spielen. Wir setzten uns hin und sprachen ernsthaft miteinander. Dadurch entstand bei uns Kindern das Verlangen, etwas erschaffen zu wollen. Mein Onkel, mein Bruder und ich hatten eine grossartige Idee, die wir an diesem Wochenende in die Tat umsetzten. Am späteren Nachmittag des folgenden Tages bestaunten wir unser Werk. Wir sassen vor unserem Hühnerhäuschen, das wir mit Lehm, Ziegeln sowie Holzbrettern selbst erbaut hatten. Ein paar Tage später durften wir unsere ersten Küken kaufen. Noch heute, wenn ich in meiner Herkunftsstadt Küken sehe, die genau wie damals zum Verkauf in Käfigen beim Eingang eines Geschäfts platziert sind, wird mir anders zumute. Ich lächle über den Anblick dieser Küken. Ich empfinde genau dasselbe wie damals als Kind: Freude, pure Freude.

Mit sechs Jahren kam ich zur Schule. Eine Woche später kam mein Bruder ebenfalls mit, obwohl er ein Jahr jünger war als ich. Mein Bruder war zu jener Zeit ein verspielter, mutiger Tollpatschjunge. Er liebte das Abenteuer und scheute sich vor nichts, weder vor Gefahr noch vor Zurechtweisungen. Er motzte einige Tage, er wolle auch zur Schule gehen. Schliesslich stimmte unser Grossvater zu. Ich aber verstand nicht, warum mein Bruder plötzlich mit mir in der gleichen Klasse sass. «Warum geht er mit mir zusammen zur Schule und sitzt sogar neben mir?», fragte ich meine Eltern. «Er ist gut in Mathematik und will unbedingt zur Schule. Deshalb darf er mit dir zusammen hingehen, auch wenn er erst fünf Jahre alt ist.»

Ich war eine gute Schülerin, eher zurückhaltend, zugleich eine überaus starke Persönlichkeit. Wohl deshalb konnte ich Ungerechtigkeiten nicht akzeptieren. Zum Beispiel Strafen, die nicht nur physisch wehtaten. Wenn wir dem Wunsch der Lehrerin nicht entsprachen, gab es mit einem Stock Schläge auf die Handflächen. Und wenn man sich dagegen wehrte, indem man die Handflächen nicht auf Kommando nach oben drehte, erhielt man noch mehr Schläge. Mein Bruder musste seine Hände vor der Lehrerin öfter ausstrecken als ich. Ich litt mit ihm und zuckte jedes Mal zusammen, wenn er geschlagen wurde.

Im Sommer des gleichen Jahres (1984) kam meine Schwester zur Welt. Es war eine schwere Geburt. Meine Schwester und meine Mutter brauchten intensive Pflege. Meine Schwester wurde mit einem Geburtsgebrechen geboren. Die Ärzte konnten ihr keine normale Entwicklung voraussagen. Die verzweifelten Grosseltern und Eltern suchten nach einer Lösung, die nicht existierte. Im Alter von drei Tagen wurde das kleine Mädchen von einem Kinderchirurgen operiert. Der Arzt sagte: «Sie wird höchstwahrscheinlich nie gehen können und lebenslang pflegebedürftig sein.» Zu jener Zeit war es tatsächlich so. Meine Schwester kam mir vor wie eine Puppe, die zwar atmen, sich aber nicht bewegen konnte. Wir legten sie irgendwohin, und Stunden später lag sie in der absolut gleichen Position ohne eine Regung am gleichen Ort. Sie brauchte intensive Zuwendung von meiner Mutter. In dieser Situation war die grosse Familie rundherum ein grosser Halt für uns alle.

In meinem siebten Lebensjahr starb mein Grossvater unerwartet bei einem Autounfall. Er sass als Beifahrer neben seinem Schwiegersohn, dem Ehemann meiner verstorbenen Tante, der ihn an jenem Frühabend ins Dorf chauffieren wollte. Beim Zusammenstoss des Autos mit einem Minibus prallte er mit seiner Brust auf das Armaturenbrett. Sein Herz hielt diesem Aufprall nicht stand. Noch viele Jahre später war ich wütend auf seinen Schwiegersohn, denn an jenem Frühabend wollte ich nicht, dass mein Grossvater mit ihm wegfuhr. Ich weinte, als er sich von uns verabschiedete und in dieses Auto einstieg, hielt ihn fest umschlungen und bat ihn, nicht mitzugehen. Nach seinem Tod waren wir nicht nur von Trauer erfüllt, sondern standen auch ohne Beschützer da, auf uns alleine gestellt. Weder meine Grossmutter noch meine Eltern konnten den Platz meines Grossvaters einnehmen. Sie hatten nicht die beschützende Persönlichkeit und Autorität meines Grossvaters. Mit seinem Tod veränderte sich alles: Ich spürte Trauer, Unsicherheit und Ungewissheit über unseren weiteren Lebensweg.

Das Geschäft wurde meinem Vater – er war erst 25 Jahre alt – übertragen. Auch über die Grundstücke, die mein Grossvater besass, konnte er frei verfügen. Die drei Schwestern meines Vaters wollten zu jener Zeit keine Erbteilung vornehmen. Innert kurzer Zeit wurde das Unumgängliche in Gang gesetzt. Mein Vater war unerfahren, grosszügig und naiv, seine Bekannten waren gierig und berechnend. Plötzlich sah er sich von geldgierigen Menschen umgeben, die alle profitieren wollten und ihn auf die schiefe Bahn manövrierten. Bis zu jener Zeit war mein Vater unter den Fittichen meines Grossvaters gestanden. Nun war er plötzlich ohne Schutz und hatte viel Erbschaft. Unser Leben geriet zusehends zur Tragödie. Manipulative Menschen brachten es soweit, dass mein Vater den Weg nach Hause nur schwer fand. Er verbrachte seine Abende mit Kartenspielen, und auch mit Alkohol machte er Bekanntschaft. Somit blieb das Geschäft am Morgen öfter geschlossen. Mein Vater verlor innert ein paar Jahren einen grossen Teil des Vermögens, das mein Grossvater mit harter Arbeit erschaffen hatte. Dies war der Anfang unserer neuen Probleme.

Ein Jahr später wurde meine Schwester zwei Jahre alt. Ihr Geburtsgebrechen belastete uns sehr, denn sie machte keinerlei Fortschritte in ihrer Entwicklung. Meine Eltern fuhren mit ihr nach Ankara. Diesmal waren ein Arzttermin sowie ein Besuch bei einer Heilerin vorgesehen. Auch der Arzt in der Hauptstadt blieb bei der Prognose: «Ihre Tochter wird nie gehen können.»

Der Besuch bei der Heilerin verlief anders. Kenntnis von dieser Heilerin hatten meine Eltern von Fremden erhalten. Ihr Name war Zöhre Ana, Mutter Zöhre. «Ihr habt nichts zu verlieren, höchstens etwas zu gewinnen», sagte meine Grossmutter zu meinen Eltern, als sie sich entschlossen, die Heilerin um Hilfe zu bitten. Zöhre Ana fragte nach dem Leiden meiner Schwester, strich über ihren Kopf und verabschiedete sich, ohne von meinen Eltern eine Bezahlung zu akzeptieren. Am nächsten Morgen waren meine Eltern und meine Schwester wieder zu Hause. Einen Tag später sah ich meine Schwester, mit ihren wunderschönen hellen Locken, auf dem Bett meiner Eltern sitzen. Ihre Hände griffen nach ihren Füssen. Welches Wunder sich an jenem Tag abspielte, weiss nur Gott. Was ich weiss: Seit jenem Tag konnte sich meine Schwester wie ein normales Kind bewegen. Sie lernte auch zu laufen, durfte gedeihen und wachsen.

Als ich zehn Jahre alt war, wurde meine Grossmutter krank. Sie bekam Lymphdrüsenkrebs. Ich sah, wie sich ihr Zustand täglich verschlechterte. Ich betrachtete den schwarzen Fleck an ihrem Hals, den sie mit einem Tuch zu bedecken bemüht war. Mein Vater brachte sie zu den bekanntesten Ärzten, um ihre Schmerzen zu lindern. Ein halbes Jahr später, am Geburtstag meines Vaters, rief ich nach Schulende lautstark meinen Bruder. «Schnell, renn! Wir müssen sofort nach Hause!» Als wir zu

Hause ankamen, sah ich unsere Grossmutter in der Stube auf dem Boden. Ihr lebloser Körper war mit einem weissen Tuch bedeckt. Ich stürzte auf meine Grossmutter zu, umarmte sie. Ich zog das Leintuch von ihrem Gesicht und küsste ihre kalten Wangen, bis mich jemand von ihr wegzog.

Einige Tage später verkaufte mein Vater sein Geschäft und unser dreistöckiges Haus. Was er damit vorhatte, erfuhr ich erst später. Meine Eltern wollten meiner kranken Grossmutter, die auf den Tod wartete, ihren letzten Wunsch erfüllen. Sie wollte in Malatya sterben und neben ihrem Ehemann beerdigt werden. Keine Woche später kam meine Mutter zu mir und sagte: «Wir müssen gehen, meine Tochter!» – «Wohin denn?» fragte ich.

Alles war gepackt, als ein riesiger Lastwagen vor unserem Haus vorfuhr. Nach dem Beladen stieg mein Vater in den LKW und fuhr mit dem Chauffeur davon. Meine Mutter und wir drei Kinder nahmen gemeinsam mit meinem Onkel den Bus. Das Ziel unserer Reise war diesmal nicht das Dorf meines Grossvaters, sondern Istanbul. Als wir am Morgen des nächsten Tages ankamen, hatte ich noch immer keine Ahnung, warum wir überhaupt weggehen mussten. Was, um Gottes Willen, war geschehen? Weder mein Bruder noch ich wurden aufgeklärt, warum wir uns in dieser grossen Stadt befanden. Mehr als eintausend Kilometer von zu Hause entfernt!

Ein Taxi brachte uns zu unserem neuen Zuhause. Es war ein nobles Appartement. Gegen Abend des gleichen Tages kam mein Vater mit dem LKW an. Bis spät abends wurden die Möbel hochtransportiert und in die Wohnung verfrachtet. In der darauffolgenden Woche wurden mein Bruder und ich an einer Schule eingeschrieben. Wir waren beide unglücklich, in einer Stadt zu sein, wo wir niemanden kannten, keine Freunde hatten und nicht einmal verstanden, warum wir überhaupt da waren. Doch trotz unseres miesen Zustandes wurden wir beide von der Klasse und der Lehrerin herzlich aufgenommen. Wir sassen wieder nebeneinander, im gleichen Schulzimmer.

Mein Onkel blieb ein paar Wochen bei uns und tat alles, was in seiner Macht stand, damit mein Bruder und ich glücklicher wurden. Es war nicht leicht für uns, diese riesige und chaotische Stadt zu akzeptieren. Die ununterbrochen hupenden Autos waren mir genauso fremd wie die grossen Menschenmengen auf den Strassen. An Schiffstegen roch man den frischen Fischfang. Am Abend schimmerte die ganze Stadt wie der Lunapark in Malatya. Die Menschen in Istanbul waren anders. Manche sehr arm, manche sehr reich. Es gab einen besonderen Ort, der mir sehr gefiel, wo kein Lärm zu hören war, weder von Autos noch von Menschen. Es war die Insel Büyük Ada. An manchen Wochenenden fuhren wir mit dem Schiff dorthin und machten mit Kutschen eine Entdeckungstour. Auch liebte ich es, wenn die Strassenverkäufer mit einem vollbeladenen Tablett türkischer Brezel auf dem Kopf durch die Strassen liefen und «Heisse simit! Heisse simit» riefen.

Aber warum wir in Istanbul waren, verstanden wir noch immer nicht. «Wir können nicht mehr in Malatya leben», hiess es. Unsere Eltern wurden immer unglücklicher und gingen auch dementsprechend miteinander um. Sie redeten lauter miteinander und stritten sich häufiger. Mein Vater flüchtete oft aus der Wohnung und liess uns alleine. Wie ein Fisch tauchte er unter und wieder auf. Mein Onkel blieb stattdessen bei uns und ersetzte ihn als Beschützer.

Eines Abends klingelte es an unserer Wohnungstür. Meine Mutter verbot uns, die Tür zu öffnen. Mein Onkel ging zur Tür. Was damals genau vorfiel, wusste ich lange Jahre nicht. Im Erwachsenenalter erfuhr ich, dass die Vergangenheit meinen Vater eingeholt hatte und er sich wieder in grossen Schwierigkeiten befand. Mein Onkel schaute meine Mutter mit einem sorgenvollen Gesichtsausdruck an, deutete auf uns Kinder und zog seine Lippen zusammen. Die Botschaft kam bei mir an. Wir befanden uns wieder auf der Messerschneidekante. Nach diesem Vorfall beschlossen meine Eltern, mein Onkel und ein Schwager meines Vaters etwas Gewaltiges: nochmals zu fliehen – diesmal in die Schweiz.

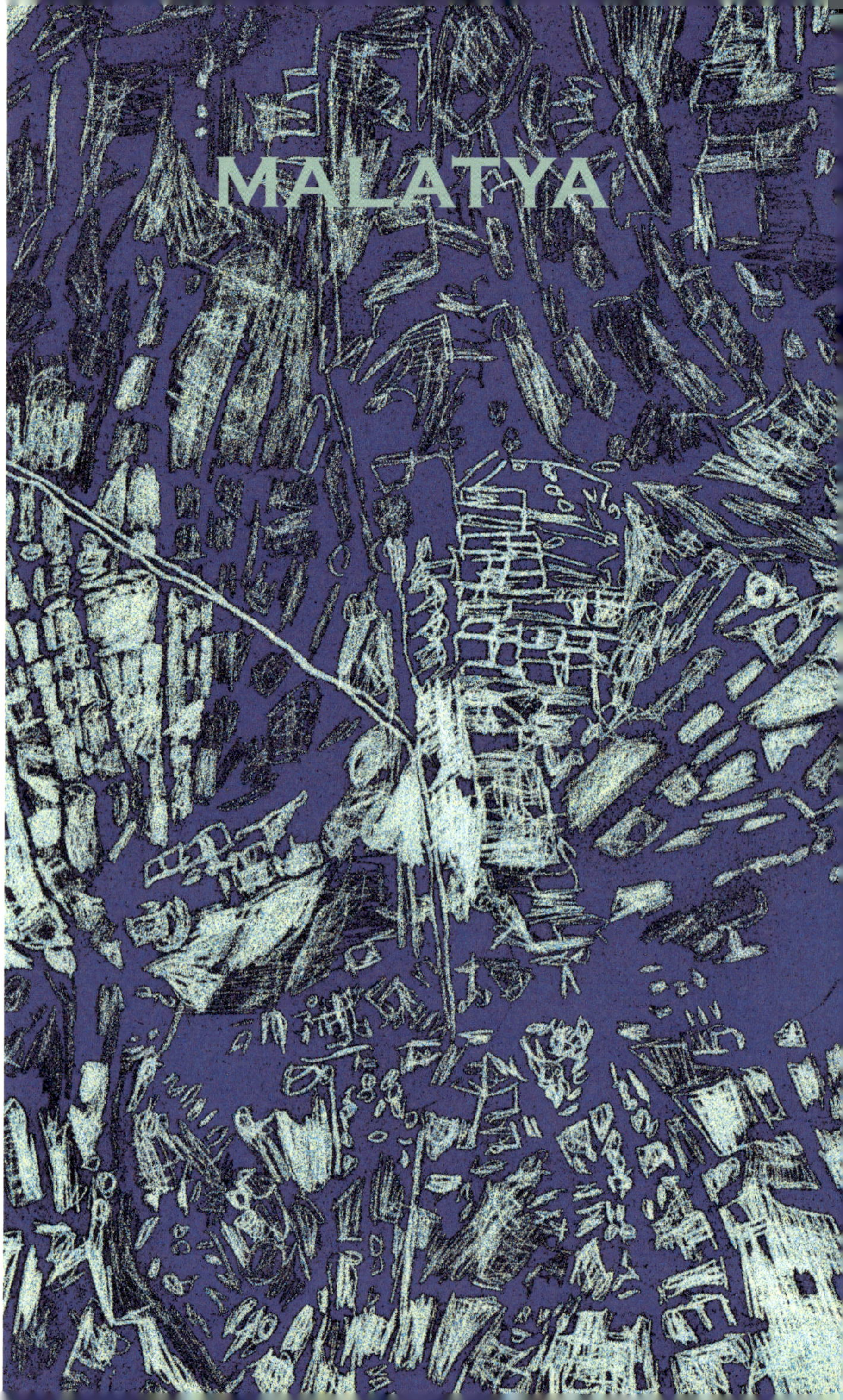
MALATYA

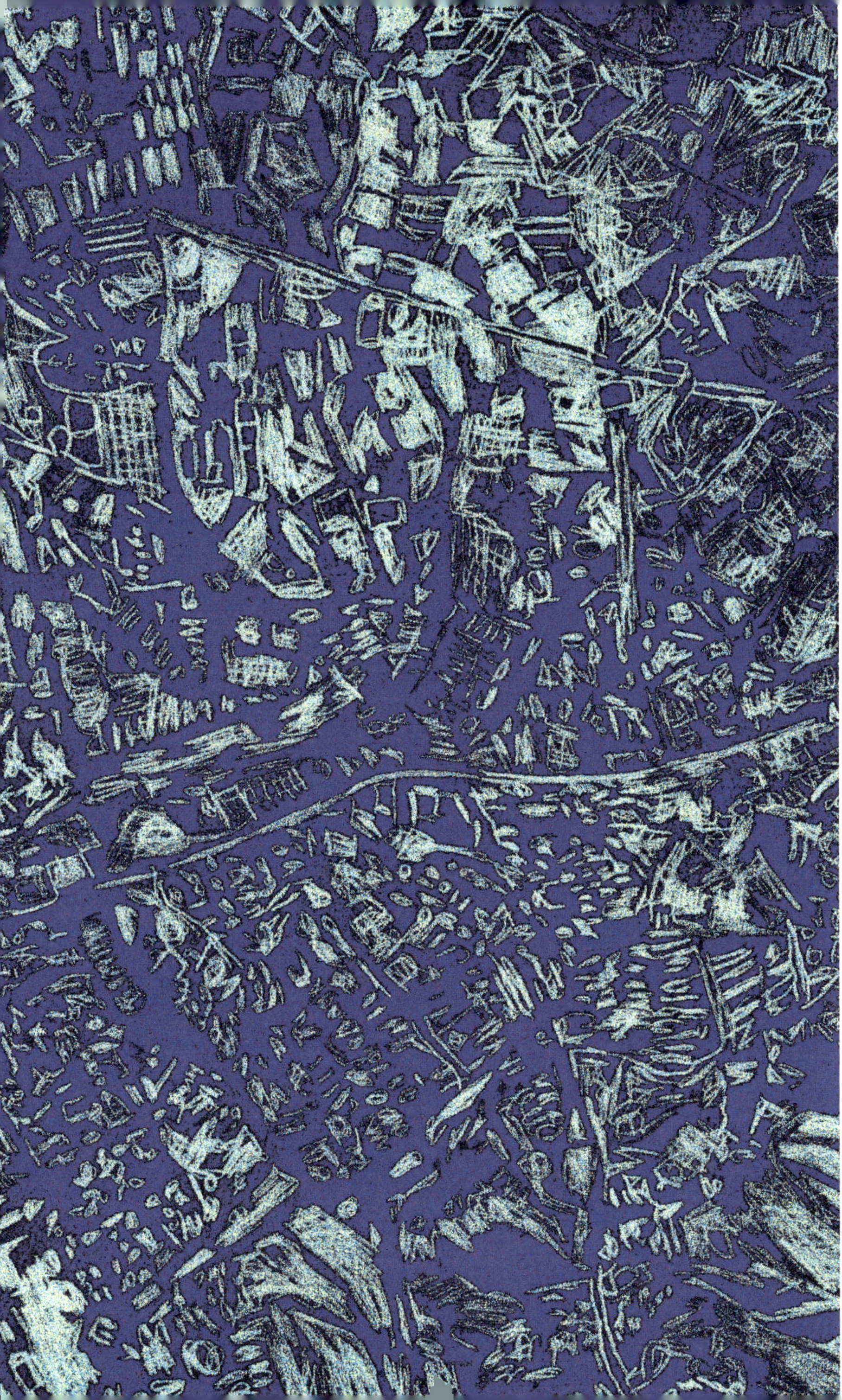

Auf der Flucht

«Elvan, mach schnell, wir müssen gehen. Beeil dich!», rief meine Mutter aus der Küche. Ich erschrak, rannte in die Richtung ihrer Stimme. Meine Mutter, in einer Hand eine Tüte haltend, warf mir einen reglosen Blick zu. Ich wusste, ich habe ihr zu gehorchen. An jenem sonnigen Maitag war ich gerade elf Jahre alt.

An der Haustür blickte ich zurück. Der riesige Balken im Wohnzimmer ist das Letzte, was ich von unserer Wohnung in Istanbul in Erinnerung habe. Im Treppenhaus übergab meine Mutter die Tüte unserem Hauswart, und wir begaben uns nach draussen. Auf der Strasse warteten zwei Autos. Nun übernahm mein Vater das Kommando. Er nahm meine Hand und führte mich zu einem der beiden Autos. Meine beiden Geschwister sassen schon darin. Am Steuer sass eine Frau, der ich noch nie zuvor begegnet war. Einen Mann, der sie anwies, wie sie zu fahren hatte, sah ich auf dem Beifahrersitz. Auch ihn sah ich zum ersten Mal in meinem Leben. Als meine Mutter sich zu uns setzte, stieg der Mann aus, ging zum Steuer des zweiten Autos, in dem drei Männer sassen, und mein Vater übernahm seinen Platz.

So begann unsere Reise in die Schweiz. Wir verliessen unsere Wohnung und setzten uns in ein Auto, als würden wir einen Ausflug machen, als kämen wir nach ein paar Stunden wieder nach Hause zurück. Weder hatten wir Möbel eingepackt oder in eine Lagerhalle gebracht, noch hatten wir die Möbel zugedeckt, um sie vor Staub zu schützen. Die Lebensmittel waren immer noch in der Küche, im Kühlschrank oder im Vorratsschrank. Unsere Kleider hingen immer noch in den Kleiderschränken.

Unsere Wohnung verliessen wir wie am Vortag, als ich noch in die Schule ging. Für mich sah es weder nach einer längeren Reise geschweige denn nach einer Flucht aus. Wohin uns dieser Weg führen sollte und was uns dort erwartete, konnte ich mir absolut nicht vorstellen.

Wenige Wochen davor hatte mein Vater, ohne uns zu informieren, für die ganze Familie Reisepässe machen lassen. Die Mutter wusste von den Plänen des Vaters. Sie erzählte mir Jahre später, dass sie innerlich einen Kampf ausfocht, bis sie diesen Schritt wagte. «Wohin flüchten wir mit drei Kindern und wie erreichen wir dies?», waren ihre Fragen an meinen Vater. Offenbar war ihr Instinkt ganz und gar richtig: Es würde ein sehr steiniger Weg für uns alle werden. Meine Mutter realisierte aber die Ausweglosigkeit unserer Situation und willigte in die Flucht ein. «Wir waren umgeben von unzumutbaren Lebensumständen», sagte sie später.

Schon vor der Fluchtreise hatten meine Eltern auf Anraten eines Schwagers beschlossen, den Asylantrag in Basel zu stellen. Der Schwager, der uns damals in unserer Notlage seine Wohnung in Istanbul zur Verfügung gestellt hatte, lebte bereits seit Langem in Deutschland. Drei Tage vor unserer Flucht besuchte er uns. «Die Schweiz ist ein demokratisches und zudem ein humanitäres Land», sagte er meinen Eltern. Die Deutschschweiz würde uns höchstwahrscheinlich die besten Integrationschancen bieten. Er argumentierte auch dafür, dass wir, die Kinder, mit der deutschen Sprache aufwachsen sollten. Dies lag wohl daran, dass er selbst ein Integrationslehrer war und diese Sprache liebte.

An jenem Tag, als wir die Fluchtreise antraten, waren meine Eltern beide 28-jährig. Sie standen im Grunde erst am Beginn des Erwachsenenlebens, wie die Knospe einer Blüte, die nur dann in voller Pracht aufblühen kann, wenn die Umwelt und der Nährboden dies zulassen. Leider war ihr Nährboden vom Tag der Flucht an nicht mehr derselbe. In der Schweiz wartete ein anderer Boden auf sie. Ihre Knospe wurde nie zu einer Blüte.

Den Boss der Schlepperbande habe ich als einen eleganten, intelligenten Herrn mittleren Alters in Erinnerung. Das Auto, in welchem meine ganze Familie sass, wurde hauptsächlich von der Frau gefahren. Sie war ungefähr dreissig Jahre jung, kräftig gebaut, nicht gross. Sie hatte kurze braune Haare und ihr selbstsicherer Ausdruck war unübersehbar. Ihre Mimik schien wie ihre Stimme expressiv und geradlinig. Auf mich wirkte sie nicht feminin, sondern eher männlich. Schlau geplant war dieser Zug vom Schlepperbandenboss, dass er eine Frau ans Steuer setzte. Damit wirkten wir nicht wie eine Gruppe von Flüchtenden, sondern wie eine Reisegruppe. Unsere Reise in dieses unbekannte Land war für uns trotz der Ungewissheit, ob wir es erreichen würden, bis nach Italien ziemlich angenehm. ‹Ziemlich› deshalb, weil die Grenzen offen waren, weil die Schlepperreise wie eine längere Ferienreise organisiert war und wir zu den Privilegierten gehörten, welche sich eine Schmuggelreise auf diese bequeme Art leisten konnten. Mit einem exklusiv organisierten Schlepper, der alles bis ins kleinste Detail durchgeplant hatte. Unser Fluchtweg verlief zwar entlang der Balkanroute, aber wir litten nicht unter den beschwerlichen Bedingungen wie jene Hunderttausende von Menschen, die seit 2015 auf der Flucht sind. Weder ertrank jemand aus meiner Familie auf dem Weg nach Europa, noch mussten wir tagelangen Fussmarsch in Kauf nehmen. Weder mussten wir unterwegs unter Zwang unsere Fingerabdrücke registrieren lassen, noch waren unsere Mägen leer, weder schliefen wir auf dem kahlen Boden, noch erlebten wir unmenschliche Zustände.

Wir durchquerten vier Länder – mit einer Schlepperbande, die damals, vor 28 Jahren, 10'000 DM kassierte. Die Hälfte des Geldes musste mein Vater vor Antritt der Fluchtreise bezahlen; den Rest in Italien, bevor wir in die Schweiz geschmuggelt würden.

«Die Klinge des Messers steht an unseren Knochen und hat uns zu diesem Schritt gezwungen», sagte mein Vater der Fahrerin, die ihn rege und neugierig ausfragte. Mir schnitt dieser Satz ins Herz. Mir wurde klar: Wir waren in Lebensnöten. Wenige Stunden nach unserer Abfahrt aus Istanbul erreichten wir schon den Zoll von Bulgarien. Da wir die Grenze nicht auf der offiziellen Transitstrasse, sondern auf einer Nebenstrasse überquerten, wurden unsere Autos von einem Polizeiwagen zuerst gestoppt und danach bis zum Zoll begleitet. Dies war unsere erste Hürde. Am Zoll wurden die Autos erneut angehalten, man wollte den Grund unserer Fahrt wissen. Es hiess, wir gingen nach Italien und machten dort Urlaub und Geschäfte. Die Beamten verlangten unsere Pässe und die geschäftlichen Dokumente. Die Chauffeurin wurde angewiesen, das Auto ein paar Meter weiter zu parkieren. Mit dem vorderen Auto geschah dasselbe. Mein Vater war der einzige Geschäftsmann in der Gruppe. Somit war es auch seine Aufgabe, seine geschäftlichen Tätigkeiten in der Türkei auf Papier nachzuweisen und seine Absichten in Italien glaubhaft zu erzählen. Auch mussten die Erwachsenen dem dickeren Grenzbeamten das nötige Feriengeld zeigen. Die bulgarische Polizei hielt uns mehrere Stunden am Grenzübergang fest und wollte für jedes Auto 500 DM kassieren mit der Begründung, auf unerlaubter Strasse gefahren zu sein. Die Verhandlungen zwischen unserem Schlepper und den Grenzbeamten fruchteten nicht. Erst nach Bezahlung des Schmiergeldes durften wir die bulgarische Grenze passieren.

Nach diesem Vorfall habe ich keine Erinnerungen mehr an die Weiterfahrt. Weder an die Aufenthaltsorte oder an die Landschaft, noch an die Strassen, oder das Wichtigste, an die Menschen! Es ist, als wären meine Erinnerungen ausradiert worden. Auch die Erzählungen meiner Eltern halfen mir nicht, mich zu erinnern. Nach ihren Aussagen verbrachten wir die Nacht in Bulgarien in unseren Autos. Meine Erinnerungen sind von jenem Augenblick an wieder präsent, als ich am nächsten Morgen meine Augen aufmachte.

«Anne (Mutter), wo sind wir?» – «Pssst, sei leise, sie schlafen alle noch.» Geräuschlos zog ich die Decke bis zu meinen Schultern hoch, schloss meine Augenlider wieder und wartete ungeduldig. Bald nahm ich die Bewegungen der anderen wahr. Früh, sehr früh in den Morgenstunden war es, als wir aufbrachen, denn unser Ziel lag noch in weiter Ferne. Ehe wir zu dieser weiten Ferne losfuhren, wechselten die Fahrerin und der Schlepperbandenboss ihre Plätze. Nun sass er bei uns im Auto und sie im anderen. Er führte wie gestern den Autokonvoi an. Somit musste ich nicht mehr auf das vordere Auto starren, um es nicht aus den Augen zu verlieren. Der gesellige Schlepperboss unterhielt sich mit uns allen. «Seht ihr das?» – «Wow, was ist das?», fragte mein Bruder neugierig. Seine Fingerspitze zeigte auf eine goldene Kuppel einer Kirche, als wir durch Sofia fuhren. Sie wirkte sehr imposant und markant. Ich hatte noch nie eine Kirche gesehen, weder von Weitem noch von Nahem. Dies war meine erste Begegnung mit einem Symbol eines anderen Glaubens.

Unsere Fluchtreise führte uns weiter über die Grenze nach Rumänien. Von diesem Land hat mein inneres Auge viele scharfe und klare Bilder bewahrt. Vor allem, was Menschen und Armut betrifft. Es war unübersehbar, dass viele in diesem Land lebende Menschen arm waren. Entlang der gut ausgebauten Strassen standen manche von ihnen und versuchten, die Autos und sogar die Lastwagen zu stoppen. Sie stellten sich den Fahrzeugen ohne Furcht in den Weg und baten um Zigaretten, Kaugummis oder Strumpfhosen. Entlang der Strassen standen auch Frauen, die sich prostituierten. Ich war zwar noch ein Mädchen, aber ich ahnte, was sich da vor meinen Augen abspielte. Es war mir komisch zumute, dieses Geschehen mit anzusehen. Wenn unsere Autos langsamer fuhren, sei es zum Anhalten an einer Ampel oder aus sonst irgendeinem Grund, setzten sich die Frauen auf die Motorhaube und boten sich an. Der Schlepperboss – er war diesen Weg schon mehrere Male gefahren – verwendete dann jeweils einen Trick. Er öffnete eine Stange Zigaretten und warf der Dame ein Zigarettenpäckchen zu. Bis auf ein einziges Mal klappte sein Trick hervorragend. Obwohl die Frau ihr Zigarettenpäckchen erhielt, breitete sie ihren Körper auf der Motorhaube aus und redete weiter. Es war klar erkennbar, dass sie sich nicht zufriedengab und noch mehr wollte. Sie zeigte mit dem Finger auf unser Auto, das inzwischen wieder von der Fahrerin gefahren wurde. Auch von unserem Auto wollte sie etwas haben. Der Schlepperboss stieg aus, ging nach hinten, öffnete den Kofferraum und nahm etwas in die Hand. Er überreichte es ihr, und sie entfernte sich winkend vom Auto.

In dieser Nacht in Rumänien senkte sich Nebel auf unseren Weg. Er führte durch Wälder und abgelegene Gebirge. Man sah kaum über die Motorhaube hinaus, unsere beiden Autos mussten im Schneckentempo fahren. Trotzdem fuhren wir lange weiter. Irgendwann spät in der Nacht hielten wir endlich an. Wir durften aussteigen, um unsere Bedürfnisse zu erledigen, und die Erwachsenen tauschten kurze Sätze aus. Es war Zeit für ein bisschen Schlaf. Diese Nacht müssten wir im Auto verbringen, sagte meine Mutter. Die Nacht verging nur zäh, denn meine Schwester, damals vier Jahre alt, jammerte und quengelte die ganze Zeit. Sie war krank und ihr ganzer Körper war mit roten Punkten übersät. Sie setzte sich auf den Schoss unserer Mutter und liess sich von ihr trösten. Mein Bruder, der zu diesem Zeitpunkt zehn Jahre alt war, und ich sassen irritiert im Auto, bis wir erschöpft nebeneinandersitzend einschliefen.

Der nächste Morgen war wieder grau und düster, aber fast nebelfrei. Durch die Drehung der Zündschlüssel wurden alle hellwach. Die Autos fuhren aus dem Gebirge hinaus. Bald erblickten wir einzelne abgelegene Dörfer und mit jedem Augenblick mehr Menschen. Menschen, die vor ihren zerfallenen Steinbaracken den fremden Autos hinterherschauten. Diese Menschen schienen mir noch gebrechlicher und ärmlicher als ihre Landsleute gestern am Rand der Schnellstrasse.

«Hier draussen könnt ihr spielen», rief der Schlepperboss uns Kindern zu. Meine Eindrücke vom damaligen Vielvölkerstaat Jugoslawien waren, wie seine Menschen, sehr vielfältig. Manche erfreulich, manche traurig. An einem schönen Ort mit viel Wald rundherum machten wir Rast. Eine Decke wurde ausgebreitet und Picknick darauf gelegt. Bevor die Erwachsenen ihre Runden drehten, forderte die Fahrerin uns Kinder auf: «Rennt, spielt!» Mein Bruder liess sich das nicht zweimal sagen und rannte drauflos. Fast ausser Atem erreichte ich meinen Vater. «Baba, wohin fahren wir?» «Kızım, (meine Tochter), wenn wir ankommen, werdet ihr es sehen. Wir fahren weit, sehr weit weg von zu Hause.» Nach einem Restaurantbesuch in Belgrad checkten wir in den frühen Abendstunden in ein nobles Hotel ein. Ein Dach über dem Kopf und eine warme Dusche waren für diese Nacht gesichert. Wir hätten ruhig schlafen können, wäre da nicht ein Zwischenfall gewesen, der mich noch jahrelang danach aus dem Schlaf riss.

Unsere Eltern gingen hinunter in die Lobby, um den Schlepper zu treffen und den weiteren Verlauf der Fluchtreise zu besprechen. Wir Kinder mussten im Hotelzimmer bleiben. Es war das erste Mal in unserem Leben, dass wir ganz auf uns alleine gestellt waren. Allein zu sein, das kannten wir bis dahin nicht. In der Türkei hatten wir immer Menschen um uns herum, wenn wir zu Hause waren. Nachdem wir uns im Bett Geschichten erzählt hatten, schliefen meine Geschwister ein. Ich deckte sie zu und schaltete alle Lichter im Zimmer an, weil mir seltsam zumute war. Obwohl ich die Dunkelheit eigentlich mochte, ertrug ich sie gerade nicht. Meine Gedanken kreisten immer um das Gleiche. Was ging da vor sich? Warum waren wir auf der Reise? Wohin führte uns dieser Weg? Was erwartete uns? Was geschieht mit uns? Meine Gefühle waren behaftet mit Unwissen und Leere. Lange blieb ich an diesem Abend wach. Ich wollte Wache halten, bis meine Eltern zurückkommen würden. Irgendwann muss ich vor Erschöpfung eingeschlafen sein. Ich wachte auf, als von der Hotelzimmertür ein lautes Pochen und Rufen kam. Ich nahm die Stimmen meiner Eltern wahr, die nach unseren Namen riefen und gegen die Tür hämmerten. Ich hatte die Tür des Hotelzimmers abgeschlossen. Erschrocken sprang ich vom Bett auf und öffnete. Nur die Umarmungen meiner Eltern halfen mir, wieder einzuschlafen.

Aufdringlich klingelte das Telefon auf dem Nachttisch. Es war dunkel, so dunkel wie die Nacht selbst. Die Morgendämmerung begrüssten wir auf der Autobahn in Richtung Zagreb. Immer wieder einnickend, überquerten wir die Grenze zu Italien.
Die Fahrt durch das schöne Land empfand ich als sehr angenehm und spannend. Je näher wir zur Stadt Milano vordrangen, desto mehr staunte ich über die imposanten Bauten, die die Stadt umzingelten. Vertrautheit stieg in mir auf. Die Menschen auf den Strassen hatten dunkle Haare und einen dunklen Teint und ähnelten uns Türken. Auch sah ich zum ersten Mal Afrikaner. Ihr fröhlich schallendes Gelächter und die ausdrucksstarken Gesichtszüge sind mir geblieben. Auch das Leben spielte sich draussen ab, wie ich das aus meinem Herkunftsland kannte. In einem Café in Milano wurden wir herzlich wie Touristen bewirtet. Auch meine Eltern und die anderen Reisenden schienen in freudigem Austausch miteinander zu sein, denn wir hatten schon vier Grenzen passiert. Unsere Fluchtreise war bis zu diesem Augenblick, trotz grosser Angst, dass wir auffliegen könnten, gut verlaufen.

Von Zeit zu Zeit plauderte ich mit meinem Bruder.
«Weisst du wohin wir fahren?»
«Nein!»
«Weisst du warum wir aus Istanbul weggefahren sind?»
«Nein!»
«Frag sie doch bitte!»
«Sie sagen uns nicht die Wahrheit.»
«Wir werden es sehen wenn wir dort sind. Wie geht es dir, mein Bruder?»
«Nicht gut, lass mich!»
Meinem Bruder und mir war bei einer Sache dieser Fluchtreise absolut nicht wohl. Wir wurden immer wieder angewiesen, was

wir sagen sollten, falls wir angehalten würden. «Wir fahren in den Urlaub», hätten wir erzählen müssen. Wir waren alt genug, um zu realisieren, dass an dieser Aussage etwas nicht stimmte, aber wir konnten nicht verstehen, weshalb wir lügen mussten und was Flucht und Flüchtlinge bedeuteten. Die Ungewissheit darüber, wohin uns diese Fahrt führen sollte, was unsere Eltern vorhatten, wurde für uns fast unerträglich.

Wir ahnten nicht, dass der erste Teil der Fluchtreise der angenehmere war. Weil die Reise bis nach Italien nicht visumspflichtig war, konnten wir mit unseren Reisepässen fast problemlos durch alle Länder bis an die Schweizer Grenze reisen. In Milano verpflegt, fuhren wir in Richtung Como. In der Nähe der Schweizer Grenze wurden wir in einem Mittelklassehotel einquartiert. Heute bin ich davon überzeugt, dass das Hotelpersonal wusste, was vor sich ging. Man schaute einfach darüber hinweg – wohl wegen des Geldes. Es schien, als ob der Schlepperboss den Mann an der Rezeption und einen anderen Angestellten kannte. Ihre Begrüssung war ungewöhnlich herzlich. Wir wurden in Windeseile zum Zimmer geführt. Als wollte man uns verstecken.

Ab jetzt lauft ihr, so schnell ihr könnt!

«Nein, mit diesem Mann gehen wir keinen Schritt!», sagte meine Mutter wie aus der Kanone geschossen. Sie blickte aus dem Fenster auf den Mann hinab, der uns in die Schweiz schmuggeln sollte. Auf dem Vorhof des Hotels herrschte hektisches Treiben. Der Schlepperboss sprach mit einem jungen Mann. Er machte einen seltsamen Eindruck auf mich. Arm konnte er nicht sein, denn ich hatte schon sehr viele arme Menschen gesehen. Aber irgendwas stimmte nicht mit ihm. Seine gekräuselten Haare hingen ungepflegt nach unten. Seine Hose hatte an beiden Knien grosse Löcher. Mein Vater, der Schlepperboss und unsere Fahrerin standen um den sonderbaren jungen Mann herum und diskutierten. Dann gaben sich mein Vater und der Schlepperboss die Hand. Es sah aus, als ob ein Deal stattgefunden hätte. Mit gesenktem Kopf und verwirrten Blicken kam mein Vater nun nach oben ins Zimmer und erklärte meiner Mutter die Situation.

Die Diskussion meiner Eltern wurde lauter und lauter. Mein Vater versuchte meiner Mutter klarzumachen, dass nur dieser Mann uns über die Grenze bringen konnte. Er sei der einzige dem Schlepperboss bekannte Schlepper, der seit Langem flüchtende Menschen über die Schweizer Grenze begleite, und es habe dabei noch nie Probleme gegeben. «Wir haben keine andere Wahl», sagte er flehend. Aber meine Mutter argumentierte heftig dagegen. Plötzlich klopfte es an unsere Türe, und sie wurden still. Der junge Mann und der Schlepperboss standen im Flur. Sie traten ein, und das Ganze ging nochmals von vorne los. Jetzt waren es drei Männer, welche mit allen möglichen Überredungskünsten meine Mutter davon zu überzeugen versuchten, doch mitzugehen.

Das letzte Wort ergriff der Schlepperboss: «Entweder geht ihr mit ihm oder ihr schaut selbst, wie ihr weiterkommt!» Meiner Mutter blieb nichts anderes mehr übrig, als nickend zuzustimmen. Mein Vater zahlte dem Schlepper im Hotelzimmer den noch fehlenden Teil des Geldes. Dieser wiederum drückte einen Teil dieses Geldes dem jungen Mann in die Hand und verabschiedete sich mit den Worten: «Şansınız bol olsun!», «Habt viel Glück!»

Der junge Mann sprach nicht fliessend Türkisch, obwohl er offenbar Türke war. Als Kind sei er nach Italien gekommen und habe seine Muttersprache verlernt, teilte er uns mit. Vor uns stand ein junger Mensch, knapp über zwanzig Jahre alt. Er war verwahrlost und hatte einen seltsamen Gesichtsausdruck. Sein Blick war glasig. Er streichelte über den Kopf meines Bruders und riss einen Witz, den ich nicht verstand. Sein Auftrag bestand darin, uns über die Grenze in die Schweiz zu schmuggeln und uns dann nach Basel zu bringen, damit wir im dortigen Empfangs- und Verfahrenszentrum für Asylsuchende einen Asylantrag stellen konnten.

Auf dem Vorhof des Hotels standen auch die drei kurdischstämmigen Männer, die mit uns auf der Fluchtreise waren. Keiner ihrer Köpfe war aufgerichtet. Der Älteste klopfte einem anderen auf die Schulter. Wahrscheinlich wollte er seinen Gefährten aufmuntern. Ein Auto fuhr auf den Vorhof. Eine Person stieg aus und lief direkt auf den Schlepperboss und seine Begleiterin zu. Nach einem Händedruck zeigte unser Schlepperboss auf die drei anderen Flüchtenden und machte ein Handzeichen. Minuten später verabschiedeten sich die drei Männer und stiegen in das Auto. So endete unsere gemeinsame Reise. Sie wurden von einem Schlepper abgeholt und fuhren davon, weg, auf Nimmerwiedersehen. Ihre Reise führte nicht wie unsere in die Schweiz, sondern in das benachbarte Frankreich. Von Zeit zu Zeit frage ich mich, was wohl aus ihnen geworden sein mag.

Am Abend, wenn es dunkel wird, wäre es so weit, hiess es. Ich bewegte mich von der Bettkante zum Fenster und beobachtete, wie der Schlepperboss ins Auto stieg, während er der Fahrerin des zweiten Autos noch etwas zurief. Dann fuhren die beiden Autos davon, zurück nach Istanbul, wo sie uns vor vier Tagen abgeholt hatten. Sie hatten ihren Auftrag erfüllt, uns an die Grenze zur Schweiz gebracht und den jungen Schlepper organisiert, der uns über die Grenze schmuggeln sollte. So plötzlich, wie sie in Istanbul in unser Leben getreten waren, verschwanden sie wieder.

Wer waren diese Menschen, die uns halfen zu fliehen? Wussten sie, was sie uns mit dieser Flucht einerseits ermöglichten, andererseits aber auch antaten? Hatten sie jemals etwas von anderen Flüchtlingen erfahren, die sie geschmuggelt hatten? Hatten sie eine Ahnung, was sie mit diesem Schmuggel bewirkten? Taten sie das alles nur aus Eigennutz oder wollten sie wirklich Menschen in Notsituationen helfen? Von unserem Schlepperboss werde ich keine Antworten auf meine Fragen mehr erhalten. Das Ausschlaggebende bei dieser Fluchtreise war: Meine Eltern begaben sich und damit auch uns Kinder in die Obhut eines Menschenschmugglers. Diese Erfahrung führte uns in einen Zustand völliger Abhängigkeit. Etwas, was wir bis anhin nicht kannten. Die Botschaft in diesen vier Tagen war: Wir bestimmen wie, wo und wann! Wir entscheiden, wie ihr zu leben habt, wie ihr euch zu verhalten habt und ob ihr überhaupt in diesem Land leben dürft. Dieses Gefühl der Fremdbestimmtheit verstärkte sich als Asylsuchende zunehmend. Früher dachten wir, niemand ausser uns selbst entscheidet über unser Leben. Das war, so lehrte es uns das Leben auf der Flucht, ein Irrtum.

Nun standen wir sprachlos und verzweifelt in diesem Hotelzimmer in Italien und fühlten uns von aller Welt verlassen. Meine Eltern waren nicht imstande, uns Kinder zu trösten oder uns Geschichten zu erzählen. Ganz im Gegenteil. Ihre ungewöhnliche Gereiztheit ängstigte uns zusätzlich. Wir wurden ins Bett geschickt. «Schlaft ein wenig! Wir werden euch wecken, wenn es dunkel wird.» Ich schloss die Augen und horchte den verzweifelten Stimmen meiner Eltern. Die Stimme meiner Mutter klang fassungslos, die meines Vaters kühl und besorgt. Auch ihre Sprache klang anders. Sie bildeten keine richtigen Sätze, sondern sprachen nur vereinzelte Wörter aus, mit längeren Pausen zwischendurch. Ich setzte mir aus diesen kargen Wörtern eine Geschichte zusammen, die mir erklären sollte, was geschehen würde. Unbehagen stieg in mir hoch. Was war ihr Geheimnis? Warum klangen sie so anders? Was erwartete uns?

Meine Eltern wollten den Schmuggel wagen, hatten aber absolut keine Gewissheit, ob es klappen würde, die Grenze in einer Nacht-und-Nebel-Aktion illegal und mit drei Kindern zu überqueren. Wir wusten nicht, ob wir jemals unser Ziel, unsere Füsse auf Schweizer Boden zu setzen, erreichen würden.

Wir waren bereit. Gepäck hatten wir keines mehr dabei. Den Koffer mit unseren nötigsten Wechselkleidern hatten wir im Hotelzimmer zurückgelassen. Die Handtasche meiner Mutter war unser letztes Hab und Gut. In dieser befand sich ausser unseren Pässen noch eine Schachtel Kekse, falls wir, die Kinder, Hunger bekommen würden.

Die Dämmerung war längst vorüber, als wir das Hotelzimmer verliessen. In der Lobby wartete der junge Türke auf uns. Er hatte einen anderen Gesichtsausdruck als ein paar Stunden zuvor. Seine Mimik war ernst und steif. Meine Mutter wandte sich meinem Vater zu und schüttelte heftig den Kopf. Ihre Bewegungen wurden von meiner Schwester unterbrochen, die an ihren Beinen wie immer den Rockzipfel suchte, aber nicht vorfand. Sie nahm die Kleine hoch. Mein Bruder und ich gaben einander die Hand und eilten den Schritten unserer Eltern folgend nach draussen.

Wieder fuhr ein Auto vor, ein fremder Mann stieg aus. Es war der Komplize des jungen Mannes. Dieser Fremde war älter als unser Schmuggler. Die beiden wechselten kurze Sätze auf Italienisch, woraus wir folgerten, dass er nicht unser Landsmann war. Er begrüsste uns, indem er nickte, ein kurzes Wort aussprach und uns stirnrunzelnd ansah. Es waren drei Kinder im Spiel.

Wir quetschten uns in diesen kleinen Wagen und fuhren los. Der junge Mann gab uns die letzten Anweisungen. Auf dem Weg durch den Wald gebe es einen Hund, der immer bellen würde. Angst müssten wir jedoch keine haben, denn er habe ein Stück vergiftetes Fleisch bei sich, falls dieser auf uns zuliefe. «Eine Geschichte, um uns Kinder zu beruhigen, oder die Wahrheit?», fragte ich mich in Gedanken. Er fuhr fort: «Ihr macht genau das, was ich euch sage. Wenn irgendetwas schiefläuft, egal was, kenne ich euch nicht. Ich lasse euch stehen und schaue, dass ich mich selbst retten kann. Seid leise! Keinen Ton will ich hören – kein Weinen, kein Wort, keine Schritte!» In diesem Moment realisierte ich zum ersten Mal, was es wirklich bedeutete zu fliehen – ohne zu wissen, was einen da draussen erwartete, ohne zu wissen, in welchem Zustand wir am nächsten Tag die Sonne am

Horizont erblickten. Ohne zu wissen, was wir als Asylsuchende erleben würden, ohne zu wissen, dass uns der härteste Lebensabschnitt erst erwartete.

Nun sagten wir alle kein Wort mehr. Meine Mutter hielt den Zeigefinger vor den Mund. Meine Geschwister und ich, eingeschüchtert wie wir waren, hatten keine andere Möglichkeit, als alles hinzunehmen und zu gehorchen. Nach einer eher kurzen Fahrt von ungefähr einer halben Stunde hielt das Auto an einem Waldrand an. Mittlerweile war es ganz dunkel geworden und die Uhr tickte gegen Mitternacht. Meine Schwester hatte sich fest an den Arm der Mutter geklammert. Wir, die Älteren, mussten bereit sein, alles zu tun, was von uns verlangt wurde.

«Ab jetzt lauft ihr, so schnell ihr könnt!», sagte uns der junge Mann mit leiser, aber bestimmter Stimme. Wir liefen wortlos und befangen hinter dem Schlepper her. Zuvorderst meine Mutter mit meiner Schwester, danach mein Bruder und ich nebeneinander und als Letzter mein Vater. Kaum hatten wir ein paar Schritte gemacht, drehte sich der Schlepper gehetzt um, packte – über den Kopf meiner Schwester hinweg – meine Mutter am Kragen und befahl ihr, lautlos zu laufen. «Kein Geräusch! Nichts darf uns verraten!»

Unter den Füssen meiner Mutter hatte ein Ast geknackt. Sie trug meine Schwester und konnte nicht gut sehen, wohin sie trat. Für meine Mutter war es physisch am schwersten, diesen Weg zu gehen. Wir benutzten keinen Waldweg, sondern gingen quer durch den Wald. Immer wieder knackste etwas unter unseren Füssen. Jedes Mal drehte sich unser Schlepper hastig um und wies uns an, geräuschlos zu laufen. Sein grobes Verhalten verängstigte und irritierte uns zusätzlich. Wir waren auch ohne sein Zutun bereits an der Grenze. Zu Tode erschreckt, ausgeliefert, verwirrt, fassungslos liefen wir hinter ihm her. Wir taten, was er uns befahl.

In der Dunkelheit des Waldes folgten wir unserem Schlepper wortlos. Irgendwann hörten wir tatsächlich den bellenden Hund. In diesem Augenblick drehte sich der junge Mann um. Mit einer raschen Handbewegung befahl er uns, sofort stehenzubleiben. Ein paar Sekunden standen wir wie angewurzelt da, reglos, lauschten, ob der Hund auf uns zu rannte oder nicht. Tränen kullerten mir übers Gesicht, ich klammerte mich verzweifelt an das Bein meines Vaters. Mein Vater versicherte uns, dass der Hund uns nichts antun werde. Er versuchte mich zu trösten, indem er mich fest an meiner Schulter hielt. Das Bellen des Hundes kam nicht näher. Der Schlepper griff in seine Jackentasche, nahm aber nichts hervor, sondern klopfte mit der anderen Hand auf seine Brust und sagte: «Der bellt jedes Mal, aber er kommt nie hierher.» Wir atmeten durch. Gleichzeitig fragten wir uns, ob uns die Grenzwächter im Visier hatten und uns anhalten würden, denn unser Schlepper meinte: «Wahrscheinlich ist dieser Hund der Hund des Grenzwächters.»

Allein der Mondschein erhellte unseren Weg. Wir liefen und liefen, wohin auch immer der Schlepper lief. Grässlich waren die endlosen Momente. Grässlich waren die Schritte ins Nichtwissen. Plötzlich waren die Bäume verschwunden und wir standen auf einem kahlen Hügel. Zum ersten Mal erblickten wir Schweizer Gebiet. Von diesem Hügel aus hatten wir eine freie Aussicht. In der Dunkelheit der Nacht schimmerten Lichter rundherum. Es war ein berauschendes Gefühl. Die Aussicht erinnerte meine

Mutter an den Ausblick, den wir in Istanbul auf das Meer hatten, wo der Bosporus zu unseren Füssen lag. Leise sagte sie zu meinem Vater: «Wie in Istanbul, alles schimmert.»

Wir marschierten den Hügel hinunter und kamen durch ein Feld, hinter dem eine Strasse lag. Jedes Mal, wenn wir in der Ferne den Scheinwerfer eines Autos erblickten, mussten wir uns auf dem Feld auf den Boden legen und warten, bis es vorbeigefahren war. «Verdammt nochmal, ein Polizeiwagen, bleibt unten! Die Patrouille wird den gleichen Weg zurückfahren.» Still und besorgt lagen wir auf dem Feld, bis tatsächlich der Polizeiwagen vorbeifuhr. Noch einige Minuten harrten wir am Boden aus, bis uns der Schlepper befahl, weiterzugehen. Als wir das Auto des Komplizen erblickten, der in der Nähe auf der Strasse mit laufendem Motor anhielt, liefen wir zügig auf das Auto zu, rannten sogar. Dort befahl uns der Komplize des Schmugglers schnell einzusteigen, denn von hinten näherte sich schon wieder ein Auto. Wir quetschten uns zu fünft auf den Rücksitz. Der junge Schlepper befahl: «Versteckt euch! Keiner eurer Köpfe darf zu sehen sein! Sieben Köpfe in einem kleinen Auto sind verdächtig.»

Mein Vater, der ein grosser Mann ist, rollte sich wie eine Katze zusammen. Sein riesiger Körper war jetzt wie zusammengeknäueltes Garn. «Wir dürfen auf keinen Fall die Aufmerksamkeit der Menschen auf uns ziehen oder für eine Kontrolle angehalten werden», teilte unser Schlepper hämisch mit. «Ja keine Aufmerksamkeit auf sich ziehen! Ja nicht auffallen!», lautete die Botschaft dieser Fluchtreise. Dieser Satz blieb in unserem Leben als Asylsuchende lange Jahre unser Begleiter. Sogar in unseren eigenen vier Wänden fühlten wir uns unter Beobachtung.

«Per favore, una sigaretta!» Der Komplize überreichte dem Schlepper eine Zigarette und zündete sie an. Qualmend begannen sie zu reden. Wir verstanden kein Wort. Der Komplize brachte uns an einen Ort ganz in der Nähe eines Bahnhofs. Mehrere Gleise waren zu sehen. Wir stiegen aus und überquerten eine weite Wiese mit ein paar Bäumen. Wenige Meter, nachdem wir eine Böschung hochgestiegen waren, gab uns der junge Türke wieder Anweisungen: «Hier bleiben wir, bis unser Zug einfährt und wir einsteigen können.» Das würde aber erst am Morgen stattfinden.

Die Lampen des nahen Bahnhofs erhellten unsere Umgebung. Da der Boden feucht war, konnten wir uns nicht lange hinsetzen. Wir bewegten uns nur leicht, wie die Äste eines Baumes in einer windigen Nacht. Wir durften auch nicht in normaler Lautstärke miteinander sprechen. Einzelne und vor allem leise Worte mussten reichen.

Irgendwann schlief meine Schwester in den Armen unserer Mutter ein. Damit sie sich von der Last des Tragens erholen konnte, hielt mein Vater die Kleine, während sie schlief. Mein Bruder und ich hingegen mussten wach bleiben. Um die Zeit zu verkürzen, ging ich immer wieder in die Hocke und betrachtete in der Finsternis der Nacht einzelne Grashalme. Es war nicht das erste Mal, dass ich mit der Natur in Berührung kam, aber am eindrücklichsten. Seit jener Nacht liebe ich die Natur auf besondere Weise. Ich beobachte, höre ihr zu und lerne von ihr, wie das Leben funktioniert. Dass sich das Leben ständig entfaltet. Dass alles einen Anfang und ein Ende hat. Dass alles auf dieser Erde vergänglich ist. Dass nichts so bleibt, wie es ursprünglich war. Dass wir wie Samen keimen, die Erde durchbrechen und ans

Licht gelangen. Wenn der Nährboden ausreicht, entsteht aus dem Samen eine prächtige Pflanze. So dürfen wir auch gedeihen. Wenn die Pflanze älter wird, kommt die Zeit des Ablebens. So wie es einst auch mit uns passieren wird.

Jene Schmuggelnacht war nicht kalt, aber uns war kalt. Unsere Seelen zitterten vor Angst. Wir mussten uns versteckt halten, denn auf keinen Fall sollte uns jemand entdecken, bis wir in Basel ankommen würden. Die ganze Nacht harrten wir unter einem mächtigen Kastanienbaum aus. An diesen Baum, an diese Nacht und ihre Stille denke ich noch heute. Der Baum war wie ein Dach, das uns Schutz gab, die Nacht unsere Decke, damit uns niemand entdecken konnte, und die Stille war unsere Hoffnung auf eine Wende hin zum Guten in unserem Leben.

Als der Zug einfuhr, liefen wir zum Bahnhof hinüber. Der Morgen dämmerte. Nun standen wir vor der nächsten Herausforderung: Wir mussten – ohne entdeckt zu werden – die Fahrt bis Basel schaffen. Der junge Türke überreichte meinem Vater die Fahrscheine. Ich habe nicht die geringste Ahnung, wann und wie er diese organisiert hat. Wieder folgten wir ihm. Er führte uns bis zum Bahnsteig und zeigte uns, in welches Zugsabteil wir uns zu setzen hatten. «Wenn der Kontrolleur die Türe eures Abteils aufmacht, wird er nach den Fahrkarten fragen. Du drückst ihm diese sofort in die Hand! Verhaltet euch wie Touristen und tut genau das, was ich euch sage! Ich werde mich anderswo hinsetzen. Wenn ich mich zu euch setzen würde und es Probleme gäbe, würden sie mich inhaftieren. Falls etwas schief läuft, sind wir uns noch nie begegnet und kennen uns nicht.»

Der Zug fuhr los. Wir sassen zum ersten Mal in unserem Leben in einem Zug, denn in der Türkei waren damals vor allem Busse und in Istanbul Schiffe als öffentliche Verkehrsmittel im Einsatz. Nach einer schrecklichen und aufreibenden Nacht ohne Schlaf sassen wir in diesem Zug und hofften, diesen letzten Abschnitt unserer Fluchtreise ohne grössere Probleme hinter uns bringen zu können.

Plötzlich wurde die Türe unseres Abteils von einem Mann in Uniform geöffnet. Das musste wohl der Kontrolleur sein. Im gleichen Moment schoss ein heftiger Schub durch meinen Körper. Es war, als ob mein Magen in die Brust hoch gerutscht wäre. An seinem Platz befand sich ein Loch, in dem sich erdrückende Leere ausbreitete. Ich war offensichtlich nicht die Einzige, der es so erging. Mein Vater stand sofort auf und drückte dem Kontrolleur unsere Fahrscheine in die Hand. Er musterte uns alle. Mein Herz pochte wild. Was jetzt wohl passieren würde?

Der Kontrolleur hatte einen Gegenstand in der Hand, mit dem er die Fahrscheine knipste. Anschliessend gab er meinem Vater die Fahrkarten zurück, verliess das Abteil und schloss die Türe hinter sich. Die wenigen Worte, die über seine Lippen gekommen waren, hatten wir nicht verstanden. Mein Vater machte einen Schritt zurück zu seinem Sitz, liess sich hineinfallen und versank fast darin. Kein Wort, kein Geräusch, keine Mimik. Wenige Minuten später erschien der Schlepper vor unserer Türe und hielt seinen Daumen hoch. Jetzt war klar, dass wir auch diese Hürde geschafft hatten.

Die nächtliche Überquerung der Grenze durch das Waldgebiet hatte in uns Panik ausgelöst. Schreckerfüllt sassen wir im fahrenden Zug. Wir redeten nichts und lächelten nicht. Ich hatte meine Familie, uns alle, noch nie so erlebt. Das Schweigen und die Stille waren übermächtig. Die einzigen Bewegungen kamen von meiner Schwester. Sie sass auf dem Schoss meiner Mutter und strich mit ihren kleinen Händen über ihren Kopf. Wir alle waren sehr hungrig und mehr als froh, als Mutter die Kekse aus ihrer Tasche nahm. Noch einmal griff sie hinein und brachte ein Stück Brot zutage. Meine gerechte Mutter teilte das bisschen Brot unabhängig von unserer Körpergrösse zwischen uns auf. Diese mütterliche Geste beruhigte unsere wild pochenden Herzen. Ihre grossen Augen blickten uns aber weiterhin unruhig an. Mein Bruder und ich sassen uns gegenüber beim Fenster. Wir schauten aus dem fahrenden Zug nach draussen, und ich schloss immer wieder meine Augen. «Bald kommen wir in Basel an», unterbrach der junge Schlepper unsere Stille.

«Ihr habt euer Ziel erreicht!» Die tagelang verspürte Angst und Unsicherheit erloschen für einen kurzen Augenblick. So etwas wie ein kleines Lächeln schlich sich in mein Gesicht. «Ich begleite Euch zu einem Taxi.» Wir folgten dem jungen Türken durch die Bahnhofshalle und begaben uns zu einem Taxi, das er für uns organisiert hatte. Unser Begleiter verabschiedete sich mit Händedruck von uns und verschwand in der Menschenmenge.

Dieser junge Mann, der uns sicher von Como durch den Wald geführt, die ganze Nacht mit uns auf einer Wiese auf den Zug wartend zugebracht und uns nach Basel begleitet hatte – an ihn erinnere ich mich noch heute in Dankbarkeit. Nicht nur, weil er das allerletzte Glied in der Kette unserer Schmuggler war oder weil er uns während des schrecklichsten Teils unserer Flucht begleitete und uns schliesslich in unser Zufluchtsland führte.

Sondern auch, weil er mir eine der besten Lehren auf meinen Lebensweg mitgegeben hat. Was Drogen mit Menschen anrichten können, sah ich durch sein Wesen und durch seine Handlungen. Zwar wusste ich mit elf Jahren nicht, was Drogen sind. Doch mein Vater erklärte mir danach, dass er drogenabhängig sei. Da verstand ich, warum er so einen komischen Eindruck bei mir hinterlassen hatte. Zum Glück habe ich diesen jungen Mann kennengelernt, denke ich heute. Er hat mir, ohne Worte zu benutzen, nur durch sein Verhalten, Folgendes mitgeteilt: Fass Drogen ja nicht an!

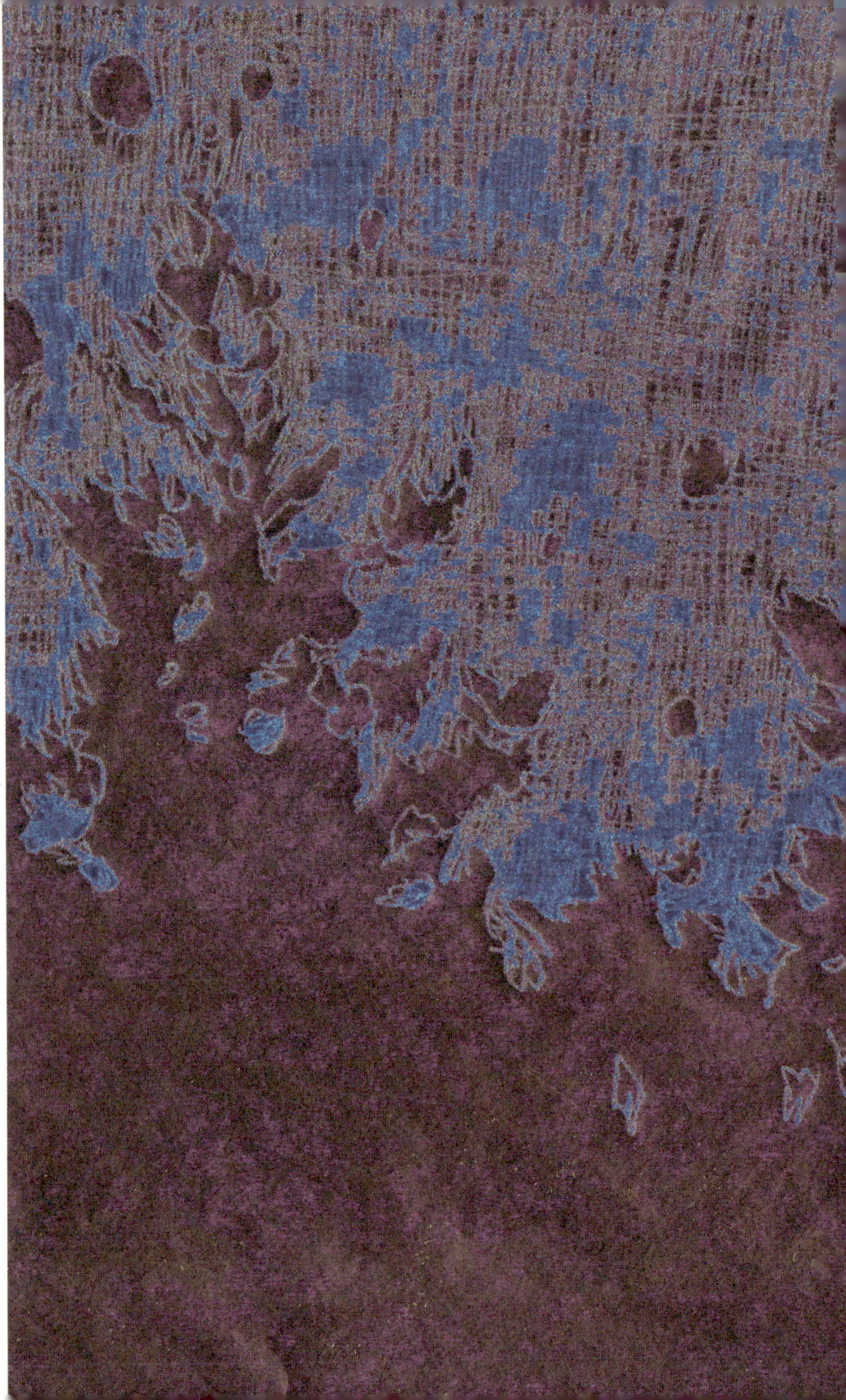

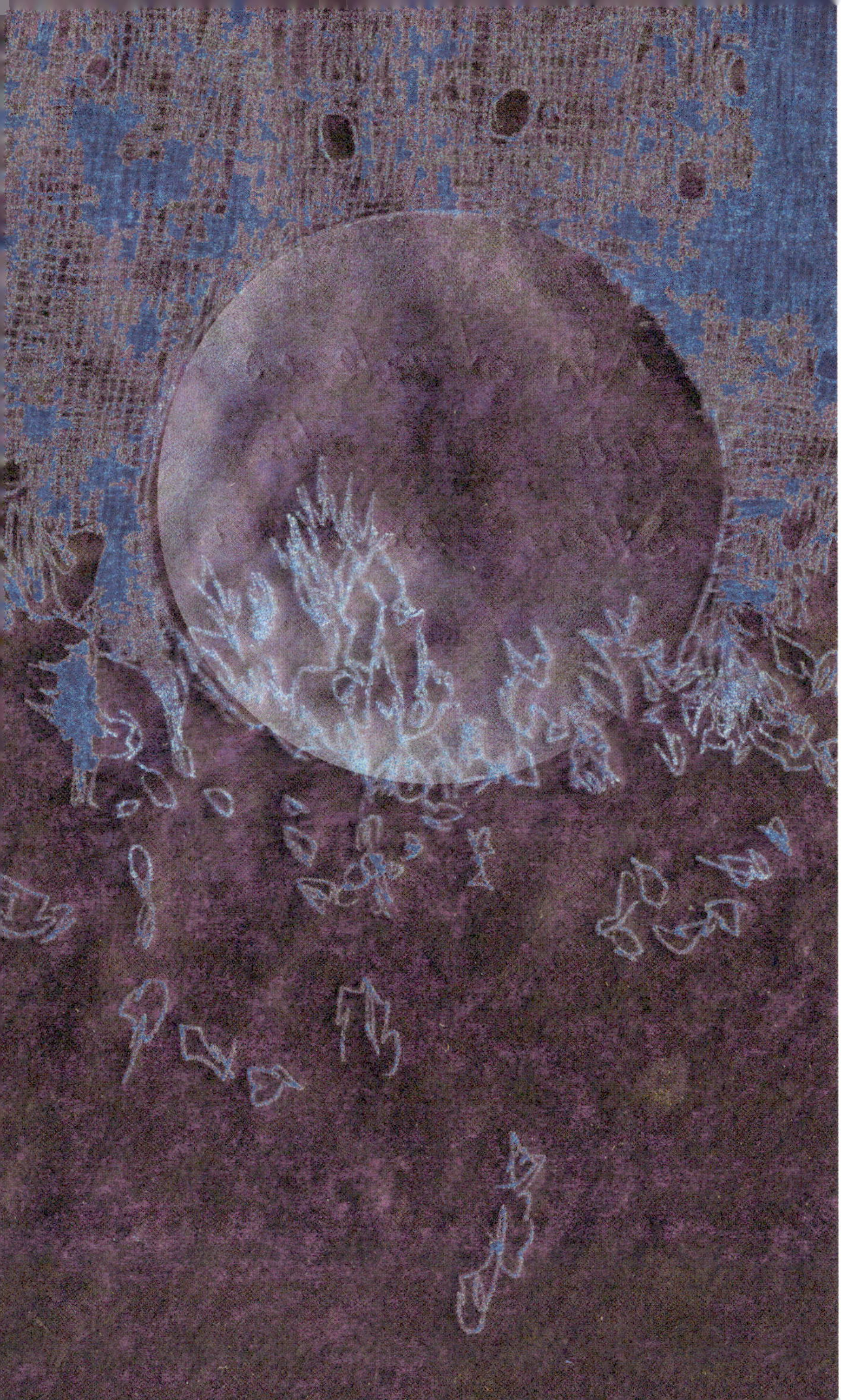

Ausgeliefert

«Elvan, wo sind wir hier?», fragte mein Bruder. Ich zog meine Augenbrauen hoch und schüttelte den Kopf. Mein Bruder und ich benötigten nicht viele Worte, um uns zu verstehen. Und seit Beginn der Fluchtreise standen wir uns noch näher. Zwar trennte uns ein Jahr Altersunterschied, doch wir waren unsere gesamte Kindheit eng zusammen aufgewachsen. In jenen Fluchttagen waren wir uns gegenseitig eine wichtige Stütze. Die vergangene Nacht hatte uns in einen Schockzustand versetzt.

Nun standen wir vor dem Empfangszentrum für Asylsuchende in Basel. Hier wollten meine Eltern einen Asylantrag stellen. Was uns wohl hinter den Mauern dieses Gebäudes erwarten würde? Nicht zu fassen, dass uns nach Flucht und Schmuggel nur noch ein paar Schritte von unserem Ziel trennten. Ein Mann führte uns ins Gebäude. Von diesem Moment an waren wir in Sicherheit, und nach der Registrierung offiziell Asylsuchende türkischer Herkunft. Wir wurden für einige Tage in Basel einquartiert. Ich erinnere mich an eine Gesundheitsbefragung. Die roten Punkte meiner Schwester waren alle schon verblasst.

Wir standen am Anfang eines engen Korridors. Zuhinterst war eine Öffnung, ein Schalter, vor dem viele Personen warteten. Menschen liefen an uns vorbei, starrten uns an. Ein Mann und eine Frau, die dort arbeiteten, versuchten mit uns zu kommunizieren. Zwei Tage später sass ich in einem Zimmer an einem grauen Tisch, auf meinem Schoss meine Schwester, mit einem Plüschtier spielend, während unsere Eltern getrennt über den Fluchtweg befragt wurden.

An dieses Interview und sogar an einige Sätze meiner Eltern erinnere ich mich heute noch sehr genau. Während wir im Zimmer sassen, wurden zuerst mein Vater und danach meine Mutter für das erste Interview abgeholt. Ungefähr eine Stunde dauerte jede Befragung, bei der auch ein Dolmetscher anwesend war. Später, als ich älter wurde, erfuhr ich, was diese Befragung bedeutete. Sie drehte sich um den Fluchtweg. Auf welche Weise und auf welcher Route hatten wir den Weg aus der Türkei in die Schweiz zurückgelegt? Natürlich diente das Interview auch der ersten Ermittlung, ob der oder die Asylsuchende überhaupt ein politischer Flüchtling war. Eine Befragung verläuft nach einem exakt vorgegebenen Schema. Doch je nach Herkunft und Angaben der Asylsuchenden entwickelt sie sich individuell. Wenn Unstimmigkeiten auftauchen, werden zusätzliche Fragen gestellt. So werden widersprüchliche Angaben aufgedeckt.

Meine Eltern machten übereinstimmende Aussagen zum Weg und zu den Gründen unserer Flucht. Doch sie waren an jenem Tag sichtlich nervös. Sie wussten, dass alles von ihrer Aussage abhing. Nach der Befragung wechselten sie einige Sätze. «Wollten sie von dir auch wissen, ob ich inhaftiert wurde?», wollte mein Vater wissen. Dem Anschein nach hatte meine Mutter noch ein paar andere Fragen beantworten müssen. Mit verkniffener Miene nickte mein Vater und sagte: «Die Wahrheit ist und bleibt die Wahrheit, sonst wären wir nicht hier.» Dann verliessen wir dieses Zimmer.

Wenn ich heute an das Empfangszentrum denke, steigt Ernüchterung empor, meine Kehle schnürt sich zu. Es fühlte sich an wie Hausarrest, eingesperrt in vier Wänden. Ein absolut unbekanntes Territorium. Wo waren wir gelandet, um Himmels Willen? Was suchten wir hier in diesem Land, in diesen vier Wänden, unter so vielen unbekannten Menschen? Warum musterten mich diese Augen?

Die Blicke der Menschen, egal, ob von den Angestellten oder von den Asylsuchenden, erstickten mich. Die dauernde Beobachtung machte mich physisch und psychisch zerbrechlich. Unbekannte Gerüche, undefinierbare Gefühle, unbekannte Gesichter und unerwartete Lebensweisen überströmten mich. Schreckerfüllt war mein Herz unter so vielen Augen. Wer konnte mich wahrnehmen, verstehen oder mir nachfühlen? Ein Gefühl des Andersseins, des Ausgeliefertseins überkam mich und blieb lange Jahre mein ständiger Begleiter.

«Räum alles zusammen. Wir fahren morgen von hier weg», hörte ich meinen Vater sagen. Nach vier Tagen im Durchgangszentrum erhielten wir den Bescheid, dass wir unser Asylverfahren in einem Heim in einem anderen Kanton, nämlich im Kanton Zürich, zu durchlaufen hatten. Wir wurden verabschiedet und mit einem Adresszettel in der Hand in den Zug gesetzt.

Es war eine andere Zugreise als unsere erste von Chiasso nach Basel. Zwar hatten wir keine Angst mehr, doch ich empfand es als unangenehm, wieder einmal irgendwohin zu fahren, wo ich nicht wusste, was uns erwartete. Ich verstand immer noch nicht, was es bedeutete, Asylsuchende zu sein.

Der Zug fuhr in den Zürcher Hauptbahnhof ein. In einem türkischen Lebensmittelgeschäft baten wir um Auskunft. Anschliessend verpflegten wir uns auf der Strasse, draussen auf dem Trottoir sitzend. Als wir das richtige Gebäude ausfindig gemacht hatten, erhielten wir dort Fahrkarten für unsere Weiterfahrt. Zurück am Hauptbahnhof suchten wir vergebens nach dem Zug. «Entschuldigung, können Sie uns helfen?», bat mein Vater einen vorbeilaufenden Mann, der von Weitem als Türke erkennbar war. Nun stiegen wir wieder in einen Zug, den der helfende Mann nur mit viel Mühe gefunden hatte. Der Zug brachte uns zu jenem Dorf, in dem sich die Asylunterkunft befand. Uns allen war seltsam zumute. Im Zug fragte ich meine Eltern, wohin wir denn diesmal fahren und wo wir leben würden. Ihre gutgemeinten Erklärungen lösten in mir nur noch mehr Fragen aus. Aus dem fahrenden Zug sah ich den See. Das blaue Wasser schimmerte. Sein Anblick tröstete mich. Mein Bruder schien genauso traurig zu sein wie ich. Sein tollpatschiges, lustiges Wesen war verschwunden. Meine kleine Schwester hingegen war zappelig und wollte nicht stillsitzen.

«Lest alle Tafeln!» forderte mein Vater meinen Bruder und mich auf. Wir konzentrierten uns auf jede Bahnhofstafel, an der wir vorbeifuhren. Wir sprachen damals keine Sprache ausser Türkisch – meine Mutter sprach zudem Kurdisch. Als der Zug in einen Bahnhof einfuhr und wir gerade dabei waren, den Ortsnamen zu lesen, hörten wir eine Stimme neben uns. Sie sagte auf Türkisch: «Hier ist die richtige Station, ihr könnt aussteigen.» Wie sich nun herausstellte, waren unsere Sitznachbarn Türken. Obwohl sie jedes Wort verstanden hatten, boten sie uns ihre Hilfe erst an, als es schon fast zu spät war. Warum sie sich erst in letzter Minute zu erkennen gaben und bereit waren, uns zu helfen, darüber kann ich nur mutmassen. Ich habe in der Schweiz immer wieder erlebt, dass selbst unter Türken eine Unterscheidung stattfindet: Es wird unterschieden zwischen jenen, die als Gastarbeiter in die Schweiz gekommen sind, und den Flüchtlingen. Noch stärker zu spüren bekamen wir später die Unterscheidung zwischen Aleviten und Sunniten. Die anderen Türken mieden uns, weil wir Aleviten waren. Verstehen kann ich diese Trennung bis heute nicht. Denn niemand sucht sich seinen Glauben im Mutterleib aus.

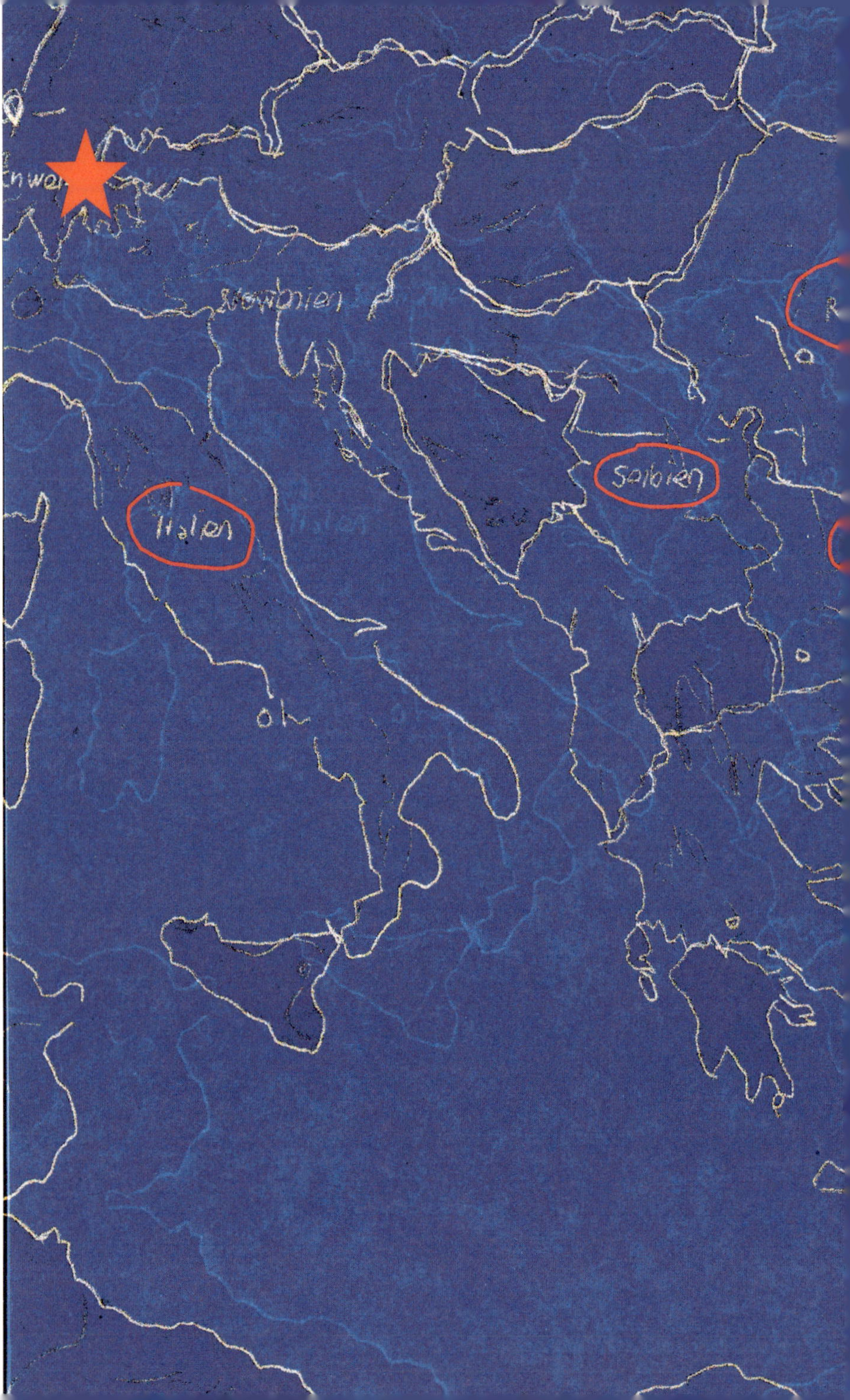
Italien
Serbien

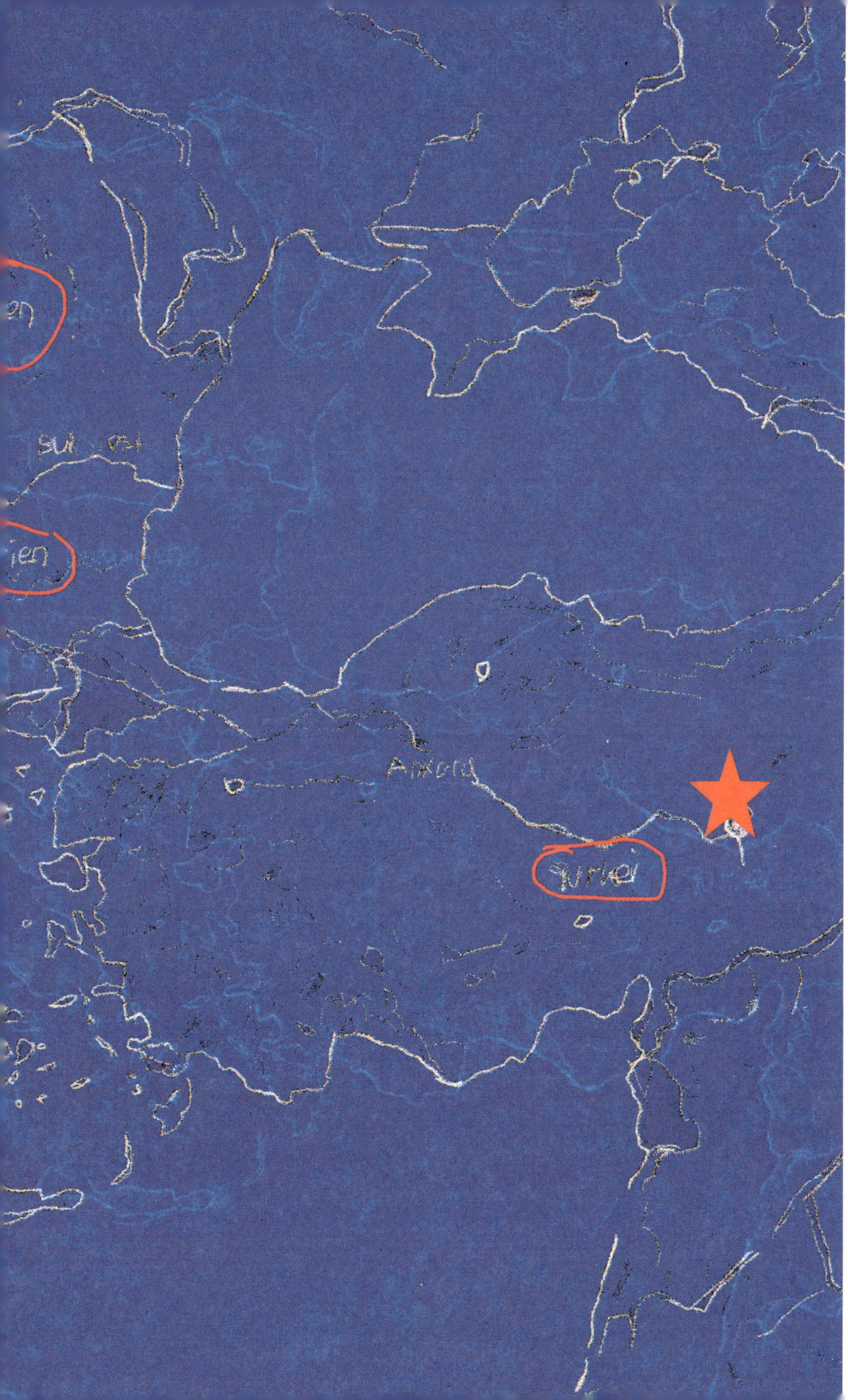

Als stünde es auf meiner Stirn geschrieben

Wir stiegen hektisch aus und sahen uns verloren um. Einige Meter von uns entfernt nahm ich den See wahr. Wir bemerkten zwei Männer, die auf uns zukamen und uns empfingen. Sie waren vom Asylheim geschickt worden. Auch sie waren Asylbewerber aus der Türkei. Im Heim angekommen, öffnete einer der Männer eine schwere Tür. Sie führte in einen engen, aus Steinen gemauerten und mit grellen Lampen beleuchteten Gang.

Es war gerade Essenszeit, als wir durch die Tür traten. Etwa siebzig Menschen sassen an Tischen und assen. Wir liefen an diesen Tischen vorbei und wurden von allen angestarrt, als wären wir Ausserirdische. In diesem Moment sank der Kopf meiner Mutter nach vorn. Als ich sie im Erwachsenenalter fragte, weshalb sie in diesem Moment in sich zusammengesunken sei, sagte sie mir: «Ich dachte, die Decke fällt mir auf den Kopf wegen dieser Blicke der verschiedenartigsten Menschen. Nie zuvor war ich so vielen fremden Blicken gleichzeitig ausgesetzt.»

Im zweiten Stock in einem Büro trafen wir auf einen türkischen Asylsuchenden, der für uns zu übersetzen versuchte. Wir wurden durch das Gebäude geführt. Man zeigte uns, wo wir zu essen, uns zu waschen und zu leben hätten. Schliesslich wurden wir in ein Zimmer mit Nebenraum einquartiert. Wie wenn es gestern gewesen wäre, erinnere ich mich daran, wie ich in dieses Zimmer hineinlief, mich umschaute, zu einem der Fenster lief, nach draussen starrte und mich schliesslich im Nebenraum auf ein Bett setzte. Ich hielt das Plüschtier, das meine Schwester im Empfangszentrum in Basel bekommen hatte, fest umschlungen.

Endlich waren wir allein. Wir setzten uns auf das Bett. Unsere Eltern, denen sichtlich unwohl zumute war, erklärten uns, dass wir von nun an in dieser Unterkunft leben würden. Zusammen mit den Menschen, die wir zuvor im Speisesaal gesehen hatten. Sie hielten uns dazu an, unser Leben in der Türkei zu vergessen. «Seid brav und anständig!» Mit diesen Worten schickten sie uns in einen Lebensabschnitt, von dem auch sie nicht wussten, wie sich dieser entwickeln würde. Der Albtraum der Flucht setzte sich in meinem Inneren fort.

Als meine Mutter mich weckte, erwachte ich ohne Freude. An diesem Morgen begannen wir den Tag zermürbt und verwirrt in der Seele. Wir kannten das Gefühl nicht, in einer Massenunterkunft aufzuwachen. Wir begrüssten diesen Tag in fremden Betten. Trotz dieser bedrückenden Lage waren meine Eltern zutiefst dankbar dafür, dass wir einen neuen Lebensabschnitt ohne Angst beginnen durften. Doch ihre Stimmen, die uns aufzumuntern versuchten, stimmten nicht mit ihrem Herzen und Gesichtsausdruck überein. Sie bemühten sich, uns Kindern zu erklären, dass alles in Ordnung sei. Doch wir merkten, dass das nicht stimmte.

Unser erster Tag in dieser Asylunterkunft begann mit einem Frühstück, das ich aus der Türkei nicht kannte. Regalbrett um Regalbrett war mit Brotscheiben gefüllt. In mehreren Schüsseln waren verschiedene Konfitüren und daneben Butter und noch mehr Butter. In Scharen sassen wir im Essensraum und versuchten, in dieser gewöhnungsbedürftigen Lage unser Essen zu kosten. Kalte Milch mit Schokolade wurde mit der Zeit mein Lieblingsgetränk, und ich begann, Brot mit Erdbeerkonfitüre zu lieben.

Nach dem Morgenessen erhielten wir Kleider und Schuhe. Diese befanden sich in einem schopfähnlichen Zimmer. Unter Aufsicht eines Angestellten konnte man – wenn man etwas zum Anziehen brauchte – das Nötige aus den vorhandenen gebrauchten Kleidern und Schuhen aussuchen. In diesem Zimmer wurde mir jedes Mal übel. Der Geruch der unzähligen alten Kleidungsstücke ekelte mich. Es war mir unangenehm, Kleider zu tragen, die nicht mir gehörten. Auch wenn sich meine Mutter noch so sehr Mühe gab, diese wusch und mich zu überzeugen versuchte, dass sie mir gut stünden. Dass man Kleider fremder Personen trug, welche diese nicht mehr haben wollten, kannte ich schlicht nicht. Schmutzwäsche konnte man im gegenüberliegenden Gebäude waschen und trocknen. Viele unter uns standen dem runden armeegrünen Tumbler skeptisch gegenüber, weil wir diese Wundermaschine nicht kannten. Deshalb hingen fast alle gewaschenen Kleider an den Wäscheleinen.

Die Erwachsenen wurden im Asylheim mit kleineren Arbeiten beauftragt. So packten sie bei der Reinigung an. Alle Räume, die man gemeinsam benutzte, wurden auch gemeinsam geputzt. Dazu gehörten die WCs, die Duschkabinen, die Küche, das Fernsehzimmer und die Aufenthaltsräume.
Diese Arbeiten brachten eine gewisse Struktur in den Tagesablauf. Sie halfen meinen Eltern, aber auch uns Kindern, uns an das Leben in der Schweiz zu gewöhnen. Schliesslich kamen wir aus einem Land, in dem ein völlig anderer Lebensstil gepflegt wurde. Die Asylsuchenden verhielten sich ähnlich wie wir, herzlich und authentisch. Aber die Angestellten des Heimes und die Einheimischen auf der Strasse offenbarten mir ein anderes Lebensgefühl. Ich empfand sie als kalt. Ihre Blicke musterten uns. Zwar lächelten ihre Gesichter, wenn sie an einem vorbeigingen

und grüssten. Doch dieses Lächeln empfand ich nicht als herzlich.

Wir assen immer gemeinsam zu denselben Zeiten. Gekocht wurde unter Aufsicht des Personals. Das Essen war wohl gut und köstlich, aber wir mussten fast vollumfänglich auf unsere gewohnte Nahrung verzichten. Umso mehr freuten wir uns, wenn einmal in der Woche ein traditionelles Gericht aus einem Heimatland eines Asylbewerbers zubereitet wurde. Von uns Kindern war meine Schwester die Einzige, die wirklich fast alles ass, was sie zu essen bekam. Mein Bruder hingegen hatte mehr Mühe, mit anders schmeckendem Essen umzugehen. Wenn einem etwas überhaupt nicht schmeckte, waren die Betreuer sehr grosszügig, und wir Kinder erhielten Fruchtjoghurt mit einer Scheibe Brot. Das mochten wir sehr.
Hier schien vieles rahmig und fade zu sein. In der Türkei würzten wir unser Essen orientalisch, mit kräftigen Gewürzen. In Malatya ass man viele Eintöpfe, die mit Fleisch und frischem Gemüse zubereitet wurden. Sie hatten immer eine rötliche Farbe, wegen des Tomatenpürees, das man beimischte. Dazu assen wir Bulgur, die unfehlbare Beilage zu Hauptgerichten in der östlichen Türkei. Auch gehörte zu jeder Mahlzeit reichlich Fladenbrot. Im Sommer, wenn es heiss wurde, bereitete man Mezze zu: Tsatsiki, nicht nur mit Gurken, sondern auch mit im Steinofen gebratenen Auberginen, in Öl frittierte Paprikaschoten, Oliven, Hirtensalat, gerollte Traubenblätter oder verschiedenartige Börek. Die Kochkünste meiner Grossmutter erfreuten Kinder und Erwachsene. Jedes Mal wenn sie *içli köfte,* Bulgurbällchen mit Fleischfüllung, eine berühmte Spezialität aus Malatya, zubereitete, rief sie mich zu sich. «Meine begabte Enkelin, eines Tages, wenn du gross bist, wirst du glücklich sein, wenn du diese Mahlzeit zubereiten

kannst. Nicht viele Frauen können das. Es braucht viel Geduld und geschickte Hände.» Ich setzte mich zu ihr und sie lehrte mich diese kunstreiche Zubereitung. Tatsächlich, meine Grossmutter behielt Recht. Heute bin ich glücklich darüber.

Zum Asylheim gehörte ein wunderbarer Ort: der Garten auf der gegenüberliegenden Seite des Gebäudes. Hier säten wir Zucchetti, Tomaten, Gurken und Sonnenblumen. Ich genoss es, die Erde zu lockern, ein Loch zu graben und jeden Samen, der mir in die Hand gelegt wurde, sorgfältig einzupflanzen. Es war der Monat Mai. Rundherum blühte die Natur. Wo ich Blumen und Bäume sah, ging mein Herz auf. Ich liebte es, mich in dieser Gartenanlage mit der Erde, mit Pflanzen und Blumen zu beschäftigen, für meine Mutter Blumen zu pflücken und ihr diese zu überreichen. Diese Gartenanlage gab mir grossen Halt. Sie schien mir wie ein Paradies. Ich hatte noch nie so viel Naturschönheit auf einmal gesehen. Und hier durfte ich ich sein.

Einige der Asylbewerber gingen ausserhalb des Heimes einer Arbeit nach. Für all jene, die keine Einnahmequelle hatten, gab es Taschengeld. An den Betrag kann ich mich nicht erinnern, auch meine Eltern konnten mir keine genauen Angaben darüber machen. Nach ihrer Aussage reichte das Geld für die Zigaretten meines Vaters und für kleine Freuden für uns Kinder, für eine Glace oder Schokolade. Kleider trugen wir bereits getragene. Etwas anderes konnten wir uns nicht leisten. Dieser Zustand veränderte sich rapide, als mein Vater bereits nach drei Monaten Aufenthalt in der Schweiz eine Anstellung fand.

Es war weder leicht, noch angenehm, mit all diesen aus verschiedenen Ländern stammenden Menschen unter einem Dach zu leben. Wir gehörten verschiedenen Kulturen an und kannten uns gegenseitig kaum. Wir wussten nichts über das Gegenüber. Wegen fehlender Sprachkenntnisse konnten wir uns auch nur schwer kennenlernen. Zudem hatten wir keine Privatsphäre. Wir mussten alles tun, was von uns verlangt wurde, ob es uns passte oder nicht. Im Zeitplan war vorgegeben, wann wir zu essen hatten und wann die Nachtruhe begann. Zum Unbehagen über dieses strikte Korsett kam das Ausgeliefertsein hinzu. Die Ohnmacht, nicht zu wissen, wohin dieser Weg führt. Die Machtlosigkeit der Fremdbestimmung. Der Schmerz des Unterordnens. Diese Gefühle fressen einen auf. Und so passierte es, dass es zeitweise zu Unruhen zwischen manchen Asylsuchenden kam. Nicht nur die verschiedenen Sprachen trennten uns; auch unsere Ungewissheit bezüglich des Asylverfahrens riss manchen Graben auf.

Der bange Zustand des Wartens wird dadurch verschlimmert, dass man im Zufluchtsland keine Entscheidungsfreiheit hat. Bis zu jenem Tag, an dem man den Asylantrag gestellt hat, hatte man diese. Danach gibt man sie aus den Händen. Im Asylprozess ist man nicht mehr Herr über den eigenen Lebensweg. Plötzlich entscheiden und bestimmen andere über einen.

Laute Töne unterbrachen unser friedliches Mittagessen. Zwei Männer vertrugen sich offensichtlich nicht. Heftig fielen die Beschimpfungen aus. Als einer auf den anderen zulief, stellte sich ihm der Betreuer in den Weg.

Bei Auseinandersetzungen wie diesen griffen die Betreuer ein und versuchten, unsere Probleme zu verstehen und die Konflikte zu schlichten. Dies gelang selten auf Anhieb. Aber dank der Bemühungen der Betreuer, die auf einer Aussöhnung beharrten, beruhigte sich die Situation meist schnell wieder. Etwas Entscheidendes konnten uns diese kompetenten Betreuer damals aber leider nicht vermitteln: Wie sollten wir mit der Angst des Ausgeliefertseins umgehen? Täglich quälte uns die Ungewissheit, ob unser Asylantrag angenommen würde oder nicht. Wir wussten auch nicht, wie lange dieser Prozess dauern würde. Die erste Euphorie nach dem Asylantrag lässt ziemlich schnell nach, wenn man tagtäglich mitbekommt, wie sich das Leben als Asylsuchende anfühlt und wie man von der Bevölkerung wahrgenommen wird – oder eben nicht wahrgenommen wird. Ich realisierte, dass wir als Aussenseiter in der Schweiz lebten und von vielen bloss geduldet wurden. Wir waren Teil einer Menschengruppe, die man mied und von der man sich distanzierte.

Kaum ein Asylsuchender ist sich im Vorfeld seiner Flucht darüber im Klaren. Auch weiss man nicht, wie sich das eigene Leben nach einem Asylantrag entwickeln wird, welche Hürden zu überwinden sind, mit welchen Schwierigkeiten man konfrontiert werden wird, wie man vom Einreiseland aufgenommen werden wird. Es ist absolut unklar, ob die Hoffnungen, die man in sich hegt, überhaupt je erfüllt werden.

Trotz dieser schwierigen Umstände und bangen Gefühle lebten wir dankbar im Heim. Meine Eltern waren mehr als froh, nicht mehr in unserem Heimatland leben zu müssen, umgeben von lebensbedrohlichen Umständen. Hier wurde materiell für uns gesorgt, wir bekamen Obdach, Nahrung, Kleider und medizinische Versorgung. Doch es fehlte uns an etwas Wichtigem. Wir verarmten menschlich. Ich nahm diese Verarmung vor allem auf der seelischen Ebene wahr.

In der Türkei wurde ich in eine reiche Familie hineingeboren. Wir verfügten über Reichtum an Lebensperspektiven und an materiellen Gütern. Alte Bekannte aus Malatya (jedoch nicht meine Eltern) erzählen mir noch heute vom Reichtum zum Zeitpunkt meiner Geburt. Wir hatten gute Lebensumstände und meine Familie war geschätzt. Als Asylantin und später als aufgenommener Flüchtling in der Schweiz erlebte ich dann plötzlich, was es heisst, wahrhaftig arm zu sein: Abhängig von der Hilfe und dem Willen der anderen. Abhängig von den Launen und den Absichten der anderen. Abhängig von der Annahme oder Abweisung der anderen. Dies ist für mich die unausgesprochene Armut der Asylsuchenden. Obwohl wir alle Menschen sind, werden Asylsuchende als sonderbare Wesen betrachtet, ganz anders als Gastarbeiter, Touristen oder Geschäftsreisende.

Egal, wo wir waren: Wir wurden anders begrüsst, anders angesprochen und anders angeschaut. Es lag nicht an meinem Alter, dass ich dies so wahrnahm. Denn fast ausnahmslos beobachte ich diesen Umgang mit Asylsuchenden noch heute. Sie werden – so absurd es auch scheinen mag – anders angeschaut und behandelt. Von Vorurteilen ganz zu schweigen. Ebenfalls fällt mir auf, dass die meisten Asylsuchenden, denen ich im Alltag begegne, den Blick fast immer auf den Boden gerichtet haben, wenn sie an jemandem vorbeigehen. Wenn ich dies sehe, fühle ich mich an früher erinnert. Wir hatten damals auch nicht die innere Sicherheit, um aufrecht durch die Strassen zu gehen und den Menschen in die Augen zu blicken. Es war, als stünde auf meiner Stirn geschrieben, dass ich das Kind einer Flüchtlingsfamilie bin.

Wenn der Fremde frei reden kann, ist er plötzlich nicht mehr so fremd

Ich hatte mich sehr auf meinen ersten Schultag in der Schweiz gefreut. Als es dann so weit war, empfand ich diesen Tag als ziemlich grausam. In der Türkei gingen mein Bruder und ich liebend gern zur Schule. Wir erhielten jedes Jahr ein Zeugnis, das nicht nur uns, sondern auch viele andere erfreute. Als unsere Eltern uns einen Tag vor der Fluchtreise in der Schule abmeldeten, baten der Rektor und die Klassenlehrerin, uns Kinder wenn möglich in der Türkei zu lassen. Mit unserem freien Geist seien wir die Zukunft dieses Landes.

Jemand aus dem Heim brachte meinen Bruder und mich zur Schule. Nach einem kurzen Gespräch im Schulleiterbüro wurden wir in die Klassen begleitet. Eine Lehrerin mit knallroten Lippen begrüsste mich. Ich lief rot an und wollte in Grund und Boden versinken. Schon wieder war ich so vielen Blicken von Menschen ausgesetzt, die ich nicht kannte. Auf die Fragen der Lehrerin konnte ich keine Antwort geben, da ich bis dahin erst ein paar Wörter Deutsch sprechen konnte. Fast blieb mir der Atem weg.

Ich durfte mich neben ein Mädchen mit langen Haaren setzen. Ihre braunen Augen lächelten mich an. Ich gab mir Mühe, mich auf die lockere, lässige Lehrerin vorne am Lehrerpult zu konzentrieren. Es gelang mir aber nicht. Meine Rötung, vom Gesicht bis zur Brust, und das Unwohlsein blieben. Lange Jahre war ein krasses Schamgefühl mein ständiger Begleiter bei Auftritten, beim Anblick unbekannter Menschen, aber auch bei Gesprächen mit Fremden.

Meine Gefühle zu Beginn meiner Schulzeit sind zwiespältig. Einerseits wurden wir zur Schule geschickt, um Anschluss zu finden und Integration zu erleben. Andererseits wurden wir genau wegen unseres Status als Asylbewerbende ausgeschlossen, mal mehr, mal weniger. Besonders mein Bruder erfuhr Ausgrenzung und ich wurde Zeugin davon. Er musste manche Erniedrigung über sich ergehen lassen. «Sautürk!» rief ihm ein Junge zu, oder: «Du bist hier nicht willkommen!» In der Pause sah ich ihn mit gesenktem Kopf und traurigen Augen in der Ecke stehen, während seine Klassenkameraden auf dem Pausenplatz dem Ball hinterherrannten.

Ich war im Gegensatz zu meinem Bruder nicht sofort als Ausländerin erkennbar und wurde nicht im gleichen Mass ausgegrenzt wie er. Ich war zwar nicht vollständig in die Klasse eingebunden und schämte mich, dass ich nicht richtig dazugehörte. Aber ich hatte das Glück, dass mich eine sympathische Mitschülerin sofort ins Herz schloss. Sie erleichterte mir den Anfang des Wegs in der Schweiz, indem sie mich mitnahm und mich trotz fehlender Sprachkenntnisse in ihr Leben eintreten liess. Dank dieser Freundschaft und ihrer Bereitschaft, in den Pausen und privat mit mir Zeit zu verbringen, litt ich weniger als mein Bruder. Bei ihm dauerte es deutlich länger, bis er bei Gleichaltrigen Anschluss fand.

Manche dieser Jungen, die meinen Bruder beschimpften, waren selbst Kinder von Immigrantenfamilien. Ich verstand nicht, warum Kinder andere Kinder ausgrenzten, bloss weil sie eine andere Herkunft, einen fremd klingenden Namen, eine andere kulturelle Geschichte und eine andere Tradition haben. Waren wir denn schon als Kinder so anders, oder waren es unsere

Eltern, die uns vermittelten, dass es da welche gibt, die anders sind?

Nach den Sommerferien begann unser Schulalltag von neuem. Ich kam in die fünfte und mein Bruder in die vierte Klasse. Ich vermisste meinen Bruder an meiner Seite. Deutsch konnten wir immer noch nicht. Wir machten aber Fortschritte, sodass wir in der Asylunterkunft eine Aufgabe bekamen: Wir wurden für Übersetzungen angefragt. Die wenigen Kinder, die damals im Heim lebten, hatten das gleiche Schicksal wie wir. Ein Vater, der mit seinen zwei Kindern schon einige Monate dort war und die türkische Sprache einigermassen beherrschte, weil er aus Jugoslawien stammte, wo punktuell noch Türkisch gesprochen wurde, warnte uns: «Die Betreuer wollen durch euch Kinder herausfinden, ob ihr eine andere Sprache sprecht. Und ob ihr tatsächlich aus der Türkei in die Schweiz eingereist seid. Sie können dies nur durch die Kinder erfahren, denn wenn ihr unaufmerksam seid, sprecht ihr vielleicht diese andere Sprache.» Diese Behauptung machte mich traurig, denn ich wusste nicht, was das bedeuten sollte.

Neu erhielten wir Deutschunterricht, den wir neben unserem regulären Schulunterricht zweimal wöchentlich besuchten. Das Deutsch, das ich heute spreche und gebrauche, habe ich meiner damaligen Deutschlehrerin zu verdanken. Sie begleitete uns bis zum Ende der Primarschule – nicht nur im Unterricht. Auch privat war sie bemüht, uns hiesige Traditionen, Gebräuche und Sitten beizubringen. Zum Beispiel das Ostereier-Färben. Wir verzierten die Eier mit Blümchen und Pflanzen aus ihrem Garten und kochten sie in einem Zwiebelschalentopf. Noch heute pflege ich diesen wunderbaren Brauch zu Ostern und bin dabei wie das Kind von damals. Meine Freude ist unübersehbar.

Unsere Deutschlehrerin erzählte uns auch viele kleinere und grössere Geschichten über das Leben und war immer interessiert daran, was wir ihr erzählten. Auch mit den anderen Migrantenkindern ging sie behutsam und geduldig um. Diese grossartige Unterstützung war eine der wichtigsten Hilfen für unsere Integration. Dieser persönliche Beistand wirkte Wunder, denn durch ihre Person begannen wir, uns mehr und mehr angenommen zu fühlen.

«Pf, pf, schaut her, auf meine Lippen! Pf, pf, das Pfeifen, die Pfanne, der Pfirsich, das Pflaster, die Pfütze.»

«Was ist eine Fütze?»

«Nicht Fütze! Eine Pfütze, Elvan. Eine Pfütze ist, wenn sich Wasser auf dem Boden ansammelt. Wenn du hineintrittst, bekommst du nasse Schuhe.»

«Ahh, Wasser vom Regen?»

«Ja, das ist eine Pfütze.»

Die Sprache zu lernen war für mich unendlich wichtig, nicht nur, um mich besser verständigen zu können, sondern auch, um dazuzugehören. Ich bin überzeugt, dass dem Erlernen der Sprache bei Integrationsbemühungen die grösste Bedeutung zukommen sollte. Wenn man sich ausdrücken kann, wird man anders behandelt, als wenn man sich nicht ausdrücken kann. Die Verachtung, Ausstossung und Abgrenzung wird zurückhaltender. Kommunikation eröffnet den Asylsuchenden eine neue Welt im sozialen Leben. Auch bei den Einheimischen löst dies ein komplett anderes Gefühl aus. Wenn er frei reden kann, ist der Fremde plötzlich nicht mehr so fremd.

Mein Kopf, mein Denken und mein Fühlen haben sich inzwischen auf Schweizerdeutsch umgestellt. Die Welt der Zahlen ist das Einzige, das noch in meiner Muttersprache Türkisch funktioniert. In der Schule in der Türkei hatten wir komplett andere Dinge gelernt. Eine Subtraktion sah völlig anders aus. Ich lernte erst in der Schweiz, mehrere Subtrahenden untereinander aufzuschreiben oder bei einer Addition die Summanden nebeneinander aufzulisten. Bis heute gebrauche ich bei jeder Rechnung, sei es im Kopf oder schriftlich, die türkische Variante.

Auch der Geschichtsunterricht sah in der Türkei anders aus. Wir behandelten vor allem die Entstehung der Türkei, ihren Gründer Atatürk und die Osmanen. Als ich in der Schweiz ankam, wusste ich weder über Weltgeschichte noch über Schweizer Geschichte etwas. Und Musikunterricht, was war denn das? Zwar wurde in der Türkei auch laut gesungen, aber nur im Schulhof. Alle Klassen versammelten sich jeden Montagmorgen und am Freitag nach Schulende draussen. Wir trugen eine blaue Uniform mit weissem Kragen und mussten die Nationalhymne singen. Das war das Einzige, was ich als musikalischen Unterricht im Herkunftsland bezeichnen kann. Unsere Lehrerinnen in der Türkei waren streng, streng im Ausdruck und streng im Benehmen. Aber hier schienen manche Lehrer völlig anders, eben lässig.

Ich lernte fleissig, tagein, tagaus, und war immer wieder erstaunt, wie schnell ich manches von dem fremden Schulstoff verstand. Mit der Zeit konnte ich mich besser ausdrücken. Schon bald traute ich mich trotz meiner Schüchternheit, meinen Zeigefinger hochzuhalten und mich am Unterricht zu beteiligen. Trotz meines Mutes gab es leider auch schmerzliche Situationen. So wurde ich hin und wieder ausgelacht, wenn ich mich falsch ausdrückte. Dann schämte ich mich, sass gekrümmt auf meinem Stuhl und traute mich nicht mehr, mich zu melden. Bis ich wieder mitmachen konnte, dauerte es Tage. Doch der Unterricht an sich entsprach mir sehr. Denn ich war und bin begeistert vom Lernen.

Das Feuer

Wir Kinder spielten in der Gartenanlage des Asylheims. Plötzlich hörten wir Schreie aus dem Gebäude. Menschen rannten aus dem Haus und irrten umher. Auf einmal war alles Chaos, Hektik und Panik. Feuer war ausgebrochen.

Sirenen von Feuerwehrautos wurden laut. Wenige Augenblicke nach dem Ausbruch des Feuers versammelten sich viele Menschen im Garten, wo wir gerade noch gespielt hatten, und auf der Strasse. Verzweifelt hielt ich Ausschau nach meinen Eltern. Ich konnte sie nirgends sehen. Meine Eltern waren kurz vorher zu einem Spaziergang ans Seeufer aufgebrochen. Meine Augen suchten wie wild nach ihnen. Meine Schwester weinte in meinen Armen. Mein Bruder stand neben uns. Ich gab Trost weiter und war selbst auf der Suche nach Trost. Mir war zum Weinen zumute. Als ich die Tränen meines Bruders sah, konnte ich meine Tränen nicht mehr zurückhalten.

Irgendwann sah ich von weitem, wie meine Eltern auf das Heim zurannten. Ihre Blicke werde ich nie vergessen. Als sie uns in die Arme schlossen, konnte ich die wild pochenden Herzen in ihrer Brust hören.

Das Holz knisterte und die Wände fielen in sich zusammen. Schwarzer und grauer Rauch durchmischten sich und stiegen in den Himmel. Manche Flammen ragten wie Riesen nach oben. Vor unseren Augen und den neugierigen Blicken der Schaulustigen brannten die oberen Stockwerke des Gebäudes nieder – bis auf unsere Zimmer im ersten Stock. An dieser Ecke stand unser

Zimmer noch halbwegs, denn zwei Betonwände hielten dem Feuer stand. Das unterste Stockwerk blieb fast unbeschädigt stehen.

Die Mutter eines Schulkameraden meines Bruders erzählte mir Jahre später, dass sie diesen Tag nie vergessen würde. «Warum nicht?», frage ich sie, woraufhin sie den Satz wiederholte, den ein Feuerwehrmann, der bei den Löscharbeiten dabei war, lauthals gesagt hatte: «Schade, dass sie nicht alle verbrannt sind!» Fassungslos erwiderte sie: «Sind diese Menschen weniger wert als wir?»

Diese Aussage erschüttert mich heute nicht mehr. Ich nehme sie zur Kenntnis und frage mich, wie ein Mensch, der bei der Feuerwehr arbeitet und dessen Aufgabe darin besteht, Menschen zu retten und Feuer zu löschen, eine solche Aussage machen konnte. Für diesen Feuerwehrmann waren wir bloss Asylanten, die hätten verbrennen sollen. So viel zur Achtung vor dem ‹fremden› Menschenleben.

«Ihr seid das Licht der Welt.» Dieser Satz von Jesus beschäftigt und begleitet mich seit Jahren. Doch ich stelle fest, dass viele dieser Lichter gar nicht wirklich geleuchtet haben. Und ich frage mich: Was wollte Jesus uns eigentlich mitteilen? Wir Menschen sind das Licht, das Wertvollste der Schöpfung. Was haben wir daraus gemacht? Haben wir unser Licht dazu gebracht, noch stärker zu glühen, oder haben wir eins nach dem anderen ausgelöscht? Wenn wir die Geschichte zurückverfolgen und nur schon das letzte Jahrhundert betrachten, sehen wir viele gelöschte Kohlestücke und wahrlich nicht das Licht dieser wunderschönen Erde.

An jenem Nachmittag gab es aber auch die anderen. Jene, die genau das Gegenteil dieses Feuerwehrmannes sagten und taten. In unmittelbarer Nähe des Heimes war ein Bauernhof. Einige der Asylbewerber wurden dort betreut und umsorgt. Auch meine Familie war dort herzlich willkommen. Verschiedene Dorfbewohner versuchten uns zu helfen, mit einem tröstenden Wort, einer Hand auf der Schulter, einer Decke oder einem Glas Wasser.

Wir hatten unsere Unterkunft verloren. Fassungslos sahen wir an jenem Tag mit an, wie sie abbrannte. Und nun? Wohin bringt man an einem Wochenende 56 Asylsuchende? Die Lösung kristallisierte sich noch, bevor es Abend wurde. Wir wurden vorübergehend in einem Zivilschutzbunker einquartiert, der sich unter dem Oberstufenschulhaus befand. Wir machten uns auf den Weg wie vom Wolf erschreckte Schafe, die der Hirt nur mit Mühe zusammenhalten konnte.

Beim Betreten des Bunkers fielen mir als erstes die dicken Türen auf. Ich dachte, warum ist diese Türe so dick, und warum ist sie aus Stahl? Ehe ich meine Eltern fragen konnte, waren wir schon drin. Der Anblick des Bunkers schnürte mir die Kehle zu. Plötzlich befanden wir uns unter der Erde, in dunklen Räumen mit Etagenbetten, Armeedecken und kistenähnlichen Behältern, aus denen man Geschirr herausnahm und stapelte. Alles war grau und kalt, rundherum Beton, Tageslicht konnten wir keines sehen. Es fühlte sich an wie ein Gefängnis: eng und erdrückend.

Uns wurden Plätze zugewiesen, wo wir schlafen durften. Dann rannte ich hinaus. Von dem Augenblick an habe ich keine Erinnerungen mehr bis zu jenem Tag, als wir vom Bunker weggehen konnten. Nach und nach wurden einige der Asylbewerber an die umliegenden Gemeinden verteilt. Dies erfuhr ich, als sie sich von uns verabschiedeten. Einige, und zu denen gehört meine Familie, wurden in Notunterkünften in der gleichen Gemeinde untergebracht. Nach wenigen Tagen im Bunker begleitete uns ein Betreuer zur neuen Unterkunft. Keine hundert Meter von der abgebrannten Unterkunft entfernt blieben wir vor einem grossen Haus stehen. Der Betreuer hielt seinen Finger hoch und zeigte auf das grosse Haus auf einer Erhöhung. Wir liefen die grossen Steintreppen hoch, welche beidseitig mit Farnen wild bewachsen waren. Der Betreuer öffnete eine schwere verzierte Holztür, und wir traten ein.

Der Blick ins Entree beflügelte mich. Hier war es warm und gemütlich. Der Eingang war mit einem beigen Sofa, einem niedrigen Salontisch und mit einer riesengrossen Pflanze möbliert. Ein Holzschrank stand auf der gegenüberliegenden Seite des Raumes. Auf der linken Seite war eine Glastür zum Garten. Während ich immer noch an dieser Türe stand und nach draussen schaute, rief mein Bruder: «Wir gehen!» Ich eilte den Schritten nach. Im zweiten Stock war ein Schnurtelefon auf einem kleinen Holztischchen an der Ecke platziert. Auf der rechten Seite war eine milchige Glastür. Der Betreuer klopfte an diese Türe. Ein Herr trat hinaus und begrüsste uns. Unter den Brillengläsern blitzte ein warmer Blick hervor. Ein Stockwerk höher lag unsere Wohnung. Durch eine weisse Türe gelangten wir auf die Treppe und dann auf einen Flur. Wir hatten noch nie so einen langen Flur gesehen. Jahre später mass ich den Flur mit meinem Geschwistern. Er wies stolze 14,70 m auf. Die Hälfte des Flurs war mit einem Spannteppich zugedeckt und mehrere Türen führten von ihm weg. Der Herr zeigte uns auf der rechten Seite das Badezimmer, in der Mitte die Toilette und zuoberst die Küche. Auf der gegenüberliegenden Seite machte er vier Zimmertüren auf. Dieses Gebäude war früher ein Heim für Mädchen. Es gehörte der gleichen Stiftung wie das Asylheim. Wir durften in diesem Stock wohnen und vier von sieben Zimmern nutzen. Die Räume im mittleren Stockwerk waren für die Mitarbeitenden der Stiftung reserviert, das unterste Stockwerk war zwar möbliert, aber nicht bewohnt. Es war also keine gewöhnliche Wohnung und kein gewöhnliches Haus, aber trotzdem ein Paradies für mich und meine Geschwister. Ich hatte endlich wieder ein eigenes Zimmer, auch wenn ich es mit meiner Schwester teilen musste. Nach viereinhalb Monaten in der Massenunterkunft hatte ich endlich eine Tür, die ich hinter mir schliessen konnte.

Der Brand in unserem Asylheim an jenem Septembertag entstand durch Unachtsamkeit eines Asylbewerbers. Man nimmt an, das Feuer im zweiten Stock sei wegen einer Zigarette ausgebrochen. Sie war wohl jemandem beim Einnicken aus der Hand gefallen und löste den Brand aus.

Im ehemaligen Mädchenheim begannen wir ein neues Leben mit weniger Aufsicht. Wir mussten uns nicht mehr an den vorgegebenen Zeitplan halten. Eigentlich hätten wir uns völlig frei fühlen können. Aber wir gewährten uns die Freiheit selbst nicht.

Es ist eigenartig: Obwohl in diesem Haus keine Tür verschlossen war, haben wir jahrelang nie eines der anderen Zimmer betreten. Obwohl es einen Dachboden mit direktem Zugang zu unserer Wohnung gab, haben wir uns nie erlaubt hochzusteigen. Obwohl es im Untergeschoss eine Werkstatt gab, die von unseren Nachbarn rege benutzt wurde, haben wir uns nie getraut sie zu betreten. Obwohl die Umgebung des Hauses uns allen eine Oase der Freude und Erholung sein konnte, wagten wir anfänglich nicht, hinauszugehen.

Nun lebten wir in diesem wunderschönen Haus und konnten es doch nie ganz geniessen. Wir fürchteten, bald wieder ausziehen zu müssen. Beim Einzug hiess es: «Das ist nur eine vorübergehende Notlösung. Sobald ihr eine Wohnung bekommt, müsst ihr ausziehen.» Die «vorübergehende» Zeit dauerte dann fast zwölf Jahre. Erst nach dem Wegzug realisierte ich, dass das Haus und die Umgebung trotzdem mein wahres Zuhause waren. All die Jahre danach vermisste ich das Gefühl, irgendwohin zu gehören.

Durch die neue Wohnung kamen wir auch zu Nachbarn. Zwei Schweizer Familien mit Kindern etwa in unserem Alter wohnten in unmittelbarer Nähe des grossen Hauses. Ihre Väter arbeiteten im zweiten Stock für die Stiftung. Von heute auf morgen hatten wir Kinder neue Freunde gefunden. Die fehlenden Sprachkenntnisse meiner Eltern hinderten nur sie selbst daran, mit den Familien in näheren Kontakt zu treten. Wir Kinder schätzten den Umgang mit unseren Nachbarn. An manchen Wochenenden nahmen sie uns auf Familienausflüge mit. Der Gletscherbesuch im Wallis ist mir bis heute präsent. Wenn wir Sorgen oder Nöte hatten, konnten wir sie ungeniert um Hilfe bitten und auf ihren Beistand zählen. Sie waren für uns eine grosse Unterstützung in den Jahren, die wir dort wohnten. Vor allem haben wir uns in ihrer Nähe nie als Asylanten, als Ungewollte, wahrgenommen.

Ein Weiher in unmittelbarer Nähe unseres Hauses wurde mein Zufluchtsort. Wenn ich Trost und Wärme brauchte, suchte ich diesen Ort auf. Lief zu den Steintreppen und konzentrierte mich auf das stille Wasser. Das ist bis heute mein Ritual geblieben. Ob Regen, Wind, Sonne oder Schnee, ich suche den Weiher auf, der mir das Gefühl von Geborgenheit und Wärme vermittelt. Noch heute setze ich mich auf die gleichen Steinstufen und betrachte die Bewegungen im Wasser. Jedes Jahr begrüsse ich die Libellen, die Kaulquappen und die Seerosen.

Das Haus war umgeben von Wiesen. An der Hauswand wuchsen verschiedene Bäume, Pflanzen und Blumen. Wir hatten einen Bananenbaum, einen Feigenbaum, einen Aprikosenbaum, einen Apfelbaum und auf der vorderen Wiese auch einen Kirschbaum. An der unteren Seite des Hauses lag der Gemüsegarten unserer Nachbarin. Den Weg entlang standen verschiedene Beerensträucher. Bei den Beeren konnte ich mich nur mit Mühe zurückhalten. Ich war aber schon fast erwachsen, als ich zum ersten Mal Brombeeren stibitzte. Ein uralter majestätischer Kastanienbaum stand im Garten hinter dem Haus und bedeckte die ganze hintere Fassade. Ich verbrachte viele Stunden unter seinen Ästen und hatte – wie in der Schmuggelnacht unter dem Kastanienbaum – das Gefühl, dass er mir Schutz gab.

Jahre später verkaufte die Stiftung das grosse Haus, und der Kastanienbaum wurde abgeholzt. Doch zuvor ging ich mit meinem Vater zu ihm und zog drei Sprösslinge aus der Erde, für uns drei Geschwister. Mein Sprössling hat überlebt. So habe ich heute zu Hause einen Kastanienbaum.

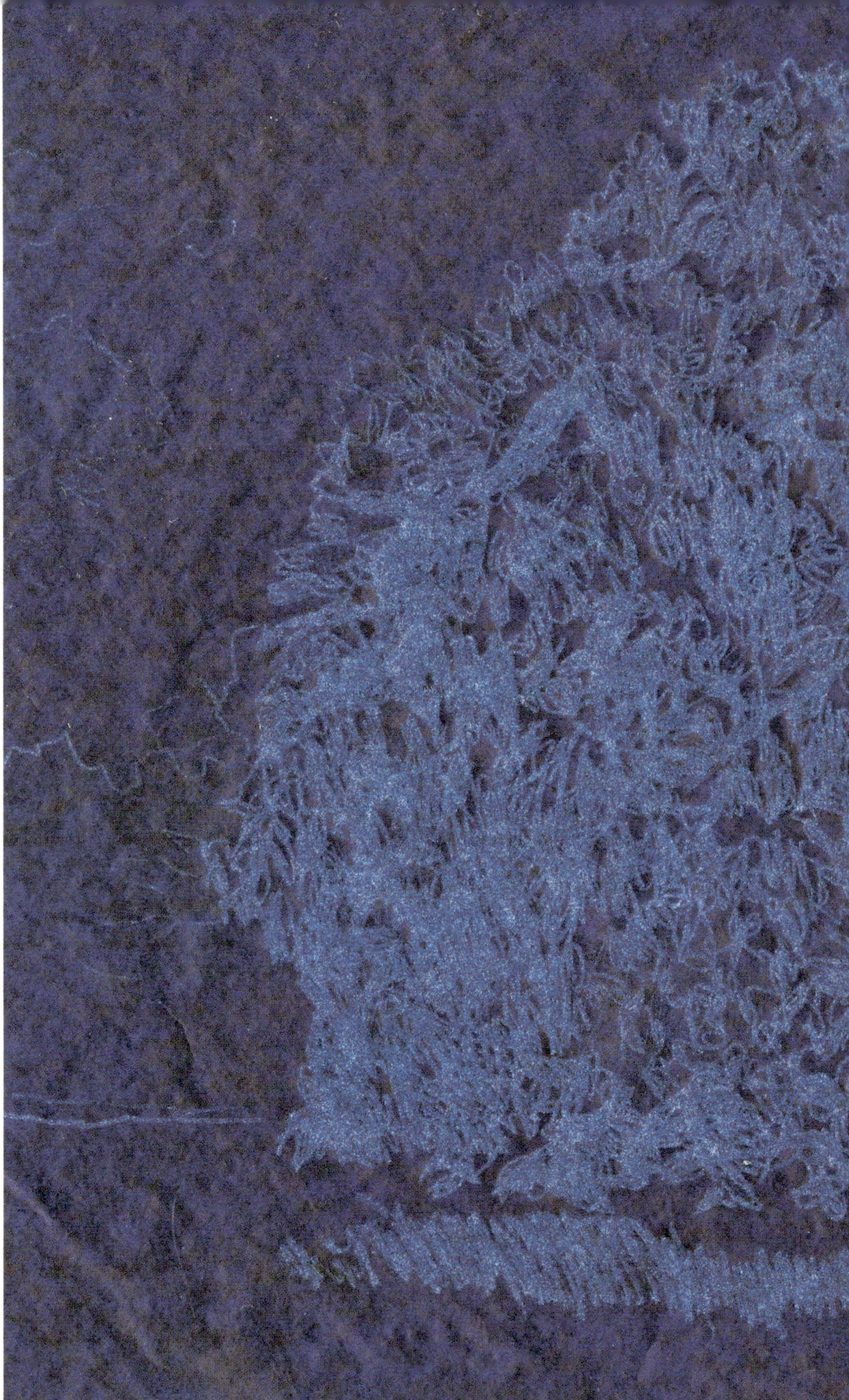

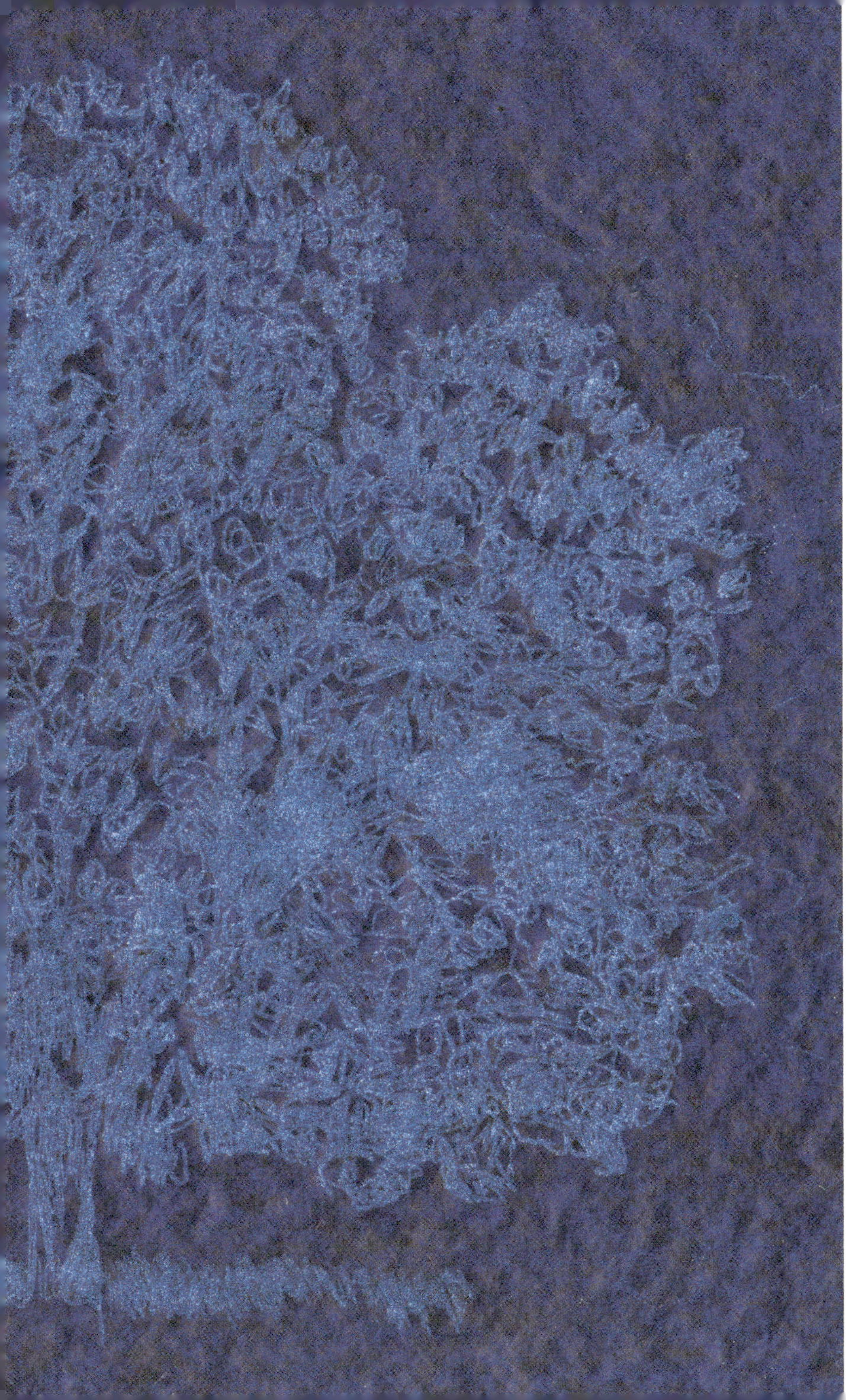

Kapitänin eines schwankenden Schiffes

Asylsuchende zu sein, heisst Warten. Warten, hoffen und bangen. Und es bedeutet in erster Linie, von aussen bestimmt zu sein. Dauernd wirst du von einer Instanz oder Behörde, am Arbeitsplatz und sogar in der Schule an die erdrückende Tatsache erinnert, dass du Asylsuchende bist. Manche halten dir auch vor, wie du zu sein und zu leben hättest. Als ob du nicht fähig wärst, deine Entscheidungen selbst zu treffen. Ein ohnmächtiger Zustand.

Wir warteten und warteten. Wir warteten vier lange Jahre, bis wir den Asylentscheid erhielten. Als wüssten wir es selbst nicht, als würden wir uns nicht bemühen, hiess es immer wieder: «Ihr müsst euch in diesem Land anpassen. Wir passen uns im Ausland auch an.» Diese Menschen sprachen von ein paar Wochen Ferien, wir aber von einem ernüchternden neuen Lebensabschnitt in einem fremden Land.

Asylsuchende zu sein bedeutet auch, ein Mensch zweiter Klasse zu sein. Nicht an der Front zu stehen. Die eigene Meinung nicht zu äussern. Alles herunterzuschlucken und über sich ergehen zu lassen. Und, als wenn es nicht gereicht hätte, so viel Scham, Unbehagen und Demut in sich zu bergen, hörten wir manchmal die abscheuliche Aussage eines nationalistischen Bürgers: «Ihr Ausländer, ihr Asylanten, geht dorthin zurück, wo ihr hergekommen seid!»

Frei und unabhängig zu sein, ohne Angst um unser Leben: Das war unsere Hoffnung, als wir hierher kamen. Schlussendlich erlebten wir das Gegenteil. Vom Tag der Ankunft an fühlten wir uns unter Kontrolle und Anpassungsdruck. Die Furcht veränderte nur ihr Gesicht.

Ich frage mich: Wie soll man sich zu einem freien Bürger, einer freien Bürgerin entwickeln, wenn einem die Gesellschaft von Anfang an und in jeder Hinsicht das Gefühl gibt, dass man nur geduldet wird?

Ich frage mich: Wie soll man ein selbstbestimmtes Leben aufbauen, wenn man sieben, acht oder dreizehn Jahre – teilweise auch länger – nicht weiss, ob man überhaupt im Zufluchtsland bleiben darf, weil man noch immer auf den Asylentscheid wartet?

Ich frage mich: Wie soll sich ein Mensch unter diesen Umständen auf irgendeine Weise als ein unabhängiger Mensch erkennen und ein selbstständiges Leben aufbauen?

Würden Flüchtlinge erahnen oder wissen, in welchem Mass sie ihr Leben durch die Flucht in die Obhut und Bestimmung anderer geben, würden höchstwahrscheinlich weniger Menschen nach Europa fliehen.

Eines Tages sagte mein Vater zu mir: «Du weisst doch, meine Tochter, dass ich in der Türkei ein Geschäft hatte. Dort musste ich nie eine Schaufel in die Hand nehmen. Hier muss ich, wenn Giovanni ruft: «Ali, auffüllen!», die Maschine sofort mit Zement füllen. Darum bin ich oft so müde.»

Mein Vater arbeitete als Bauarbeiter und meine Mutter im Spital als Putzfrau. Meine Mutter hatte vorerst eine Teilzeitstelle, nach einigen Monaten konnte sie dann hundert Prozent arbeiten. Es war mir nicht recht, dass meine Mutter nicht mehr für uns da sein konnte und mein Vater vom Geschäftsmann zum Bauarbeiter wurde. Es blieb mir jedoch nichts anderes übrig, als diesen Zustand zu akzeptieren, denn sie mussten unseren Lebensunterhalt verdienen. Ich kritisiere auch nicht die Art der Anstellung, nur finde ich es bedauerlich, dass sich meine Eltern auch später nie um ihre Weiterbildung gekümmert haben und nie die Möglichkeit erhielten, sich anders zu entfalten und zu verwirklichen. Nicht einmal einen Deutschkurs besuchten sie. Wären meine Eltern im Stande gewesen zu erblühen, wären auch wir Kinder viel früher fähig geworden und hätten uns anders entwickelt.

Zwar war unsere Mutter öfter präsent, weil sie bei der Arbeit Zimmerstunden hatte. Meine Geschwister und ich hatten aber trotzdem das Gefühl, dass wir ohne die Unterstützung unserer Eltern auskommen mussten. In der Türkei hatten wir neben unseren Eltern die ganze Grossfamilie um uns. Wir wurden in vielfacher Hinsicht begleitet und in allen möglichen Lebensbelangen unterstützt. In der Schweiz mussten wir dann mitansehen, dass unsere Eltern keine Chance hatten, ihre Kinder zu begleiten. Natürlich waren sie an unserem Werdegang interessiert. Aber Interesse allein war keine nennenswerte Unterstützung. Im Gegensatz zu uns Kindern erhielten oder ergriffen unsere Eltern nicht die Möglichkeit, ein soziales Leben aufzubauen, sich wirklich zu integrieren und am Leben ihrer Kinder teilzuhaben. Oft wurden wir ungewollt uns selbst überlassen und dies über sehr, sehr lange Zeit.

Was war mit meinen Eltern geschehen? Wieso wurden sie innert kurzer Zeit unfähig, uns optimal zu begleiten? Wie hätten sie unter den Umständen, denen sie als Asylsuchende tagtäglich ausgesetzt waren, die Aufgabe unterstützender Eltern wahrnehmen können? Wie denn auch? Das frage ich mich heute, nachdem ich selbst das Mutterglück erfuhr und mich in ihre Lage von damals versetzen kann. Ich habe die schmerzhafte Erfahrung gemacht, dass asylsuchende Eltern, auch meine, oft Asylsuchende bleiben. Im täglichen Leben wurden meine Eltern fast ausnahmslos gemieden. Und sie schafften es nicht von sich aus, Anschluss zu finden. Meine Mutter lebt seit 28 Jahren in der Schweiz und hat noch keine 2800 Sätze mit Einheimischen gewechselt. Falls jemand mit meinen Eltern Kontakt aufnahm, waren das ihre Landsleute. Und da wir Aleviten sind, wurden wir von vielen Landsleuten, die mehrheitlich Sunniten sind, gemieden.

Als meine Schwester den Kindergarten besuchte, erfuhren wir, dass sie eine Kameradin hatte, die ebenfalls Türkin war. Die Mütter machten ein Treffen ab und die türkische Frau besuchte uns mit ihren beiden Kindern. Meine Mutter war gerade dabei, den Tee zu servieren, als die Besucherin fragte: «Seid ihr nicht Sunniten?» – «Nein, wir sind Aleviten», antwortete meine Mutter. Die Reaktion der Frau war so absurd, dass wir uns nur noch verwirrt anschauten. Sie stellte ihr Teeglas auf dem Tisch, stand auf und rief ihre Kinder: «Wir gehen, sofort!» Ohne sich zu verabschieden, verliessen sie unsere Wohnung.

Für meine Geschwister und mich war diese Situation sehr schwierig. Unzählige Auseinandersetzungen prägten unseren Alltag. Unsere Eltern fanden weder bei unseren Landsleuten noch bei den Einheimischen Anschluss, und so schlich sich in unsere Familie die Tragik der Trennung ein. Mein Vater ist eine weltoffene Persönlichkeit, frei in der Kommunikation, während meine

Mutter eher schüchtern ist. Doch das war nicht das Problem. Es lag vor allem daran, dass man unsere Eltern schlicht mied. Sie lebten fast gänzlich isoliert in ihren vier Wänden. Vor allem bei der Arbeit hatten sie Kontakt mit der Aussenwelt. Doch weil die Arbeitskollegen – ausser in der Chefetage – fast ausschliesslich Ausländer waren, erhielten sie auch dort keine Chance, sich der Schweizer Kultur zu nähern.

Die Integration fällt Kindern zwar leichter, doch das Hindernis bleibt, die beiden Kulturen miteinander zu verbinden und damit in Frieden leben zu können. Zu Hause wird etwas anderes vorgelebt als draussen. In diesem Dilemma führen die Kinder der ersten Generation ein Leben, in dem sie nie richtig erfahren, was eigentlich das Wahre für sie ist.

Die Wahrheit lehrt uns schliesslich das Leben selbst. Eines Tages bemerken wir, was für ein Segen es ist, beide Kulturen in sich zu tragen und das Beste daraus gedeihen zu lassen.

Trotz der Tatsache, dass meine Eltern keine typisch türkischen Eltern waren und ihre Töchter nicht dauernd unter die Fittiche nahmen, gab es immer wieder Diskussionen, meistens wegen meiner Suche nach Leben in der Aussenwelt. Meiner Schwester und meinem Bruder blieb dies erspart. Die Freiheit, die ich bei meinen Kollegen sah, wollte ich mir durch Rebellion erkämpfen. Manchmal mit, manchmal ohne Erfolg.

Ich ging sehr gern zur Schule und brachte gute Noten nach Hause. All die Jahre wünschte ich mir sehnlichst einen Schreibtisch, an dem ich meine Hausaufgaben hätte erledigen können. Nie aber habe ich einen von meinen Eltern bekommen. Und nie äusserte ich den Wunsch, einen Schreibtisch zu wollen. Vielmehr gewöhnte ich mich daran, meine Hausaufgaben auf dem Bauch liegend zu machen. Ich dachte, in der Lehre könnte ich mir selbst einen Bürotisch kaufen. In der Lehre kam es aber nie dazu – ich erlaubte mir den Tisch selbst nicht. Es ist erstaunlich – bis heute habe ich keinen eigenen Bürotisch.

Meine Eltern fragten uns nie, ob wir Hilfe bei den Hausaufgaben benötigen. Sie hätten uns ja auch nicht helfen können. Die Primarschule habe ich alleine gemeistert. Trotz meiner Bemühungen reichte es nach der sechsten Klasse nicht für die Sekundarschule. Mein grosser Traum, eines Tages studieren zu dürfen, rückte damit in unerreichbare Ferne. Es war mir bewusst, dass ich erst seit zwei Jahren in der Schweiz lebte und ein Wunder geschehen musste, damit ich meinen Schultraum realisieren könnte. «Erst zwei Jahre hier, und du hast schon Pläne für das Gymnasium?», hörte ich meinen Vater fragen. «Später kannst du es nachholen.»

Auch mein Bruder wurde nach der Primarschule in die Realschule eingestuft. Nicht meine Eltern, sondern sein Lehrer und ich ermutigten ihn, die Aufnahmeprüfung für die Sekundarschule abzulegen. Mir hatte damals niemand zugeredet und mich ermuntert, die Aufnahmeprüfung zu versuchen. So sah ich es zumindest als meine Pflicht an, meinen Bruder zu unterstützen. Damit begann ich schleichend, die Aufgabe unserer Eltern zu übernehmen. Was sie für uns nicht tun konnten, versuchte ich mit meinen 13 Jahren selbst zu managen. Natürlich konnte ich Mutter und Vater nicht ersetzen. Aber ich tat, was in meiner Macht stand, um wenigstens meinen Geschwistern Halt zu geben.

Meine Schwester besuchte in dieser Zeit den Kindergarten. Mittags rannte ich nach Hause, um in der knappen Mittagspause für meinen Bruder und meine Schwester eine Mahlzeit auf den Tisch zu stellen. Manchmal war es Essen vom Vorabend, manchmal zauberte ich in der Kürze irgendwelche Gerichte hervor, die noch heute keine Namen haben. Essen vom Vorabend schmückte ich mit ein paar Zutaten zu einem neuen Gericht. Waren da zum Beispiel Reisreste und keine andere Beilage, briet ich drei Spiegeleier und servierte diese auf dem Reis. Oder ich schnitt alles Frische, was mir in die Hände kam, stellte die Pfanne auf den Herd, kochte dieses nicht immer zusammen passende Gemüse zu einem Eintopf und schnitt dazu viel Brot. Ich probierte die schweizerische Küche mit der türkischen Küche zu mischen. Plötzlich assen wir *bulgur pilavı,* mit Salatsauce, unter die Linsensuppe mischte ich Rahm oder machte Rösti mit *sucuk*. Ziemlich unpassend. Die Schweizer Küche kannte ich nur von Freunden oder unseren Nachbarn. Wenn ich die Gelegenheit hatte zuzuschauen, wie sie kochten, schrieb ich im Kopf alles auf. So lernte ich auch von meiner Mutter das Kochen. Ich musste nur zusehen, wie sie das Essen zubereitete, und schon hatte ich es verinnerlicht.

Dass ich in so jungen Jahren die Aufgabe übernahm, meine Familie zu unterstützen, war für mich eine gewaltige Überforderung. Ich wurde mit Sachverhalten und Dingen konfrontiert, die geistig und psychisch über meinem Entwicklungszustand lagen. Während meine gleichaltrigen Schweizer Kameraden Teenager sein durften, musste ich wie eine Erwachsene handeln. Ich wurde zur Stütze der Familie. Die Korrespondenz mit den verschiedenen Ämtern lief über mich, ein Teil des Haushalts, auch die Begleitung meiner Geschwister. Ich empfand mich als Kapitänin eines schwankenden Schiffes und bemühte mich darum, dass es nicht unterging.

Ich beobachte diese Situation auch heute oft in Migrantenfamilien: Ein Kind, nicht immer ein Mädchen, bekommt diverse Aufgaben aufgebürdet, welche die Eltern aufgrund ihrer fehlenden Sprachkenntnisse nicht wahrnehmen können. Den Kindern werden anspruchsvolle Aufgaben auferlegt, weil die Integration der Eltern gescheitert ist und sie ihre Kinder nicht nur für Übersetzungen benötigen, sondern für das alltägliche Leben ausserhalb der eigenen vier Wände.

Ich bin schon länger nicht mehr bereit, diese Rolle zu übernehmen, die mir meine Eltern aus tiefverankerter Machtlosigkeit heraus übertragen haben. Und doch läuft die Korrespondenz meiner Eltern bis heute über mich, weil ihre Deutschkenntnisse für einen Brief nicht ausreichen.

Mein Leben verlief weder schweizerisch noch türkisch. Klar war ich diejenige, die das Leben meisterte, und ich meisterte es genauso, wie ich es aus eigener Kraft konnte. Vor allem meisterte ich das Leben wie meine Eltern in Unvollkommenheit. Es sind essenzielle Defizite, die sich all die Jahre durch unsere Leben zogen. Wenn in der Schule ein Elternabend stattfand, schämten wir uns, weil sich unsere Eltern wie wir selbst unwohl fühlten und sich in keinerlei Weise für uns einsetzen konnten. Wenn wir Zahnschmerzen hatten, wurden unsere Zähne gezogen und nicht geflickt. Die Eltern konnten ja nicht mit dem Zahnarzt sprechen. Meine Kameraden mit schiefer Zahnstellung bekamen eine Spange, aber ein Asylantenkind bekam damals nie eine Spange, auch wenn mein Oberkiefer es dringend nötig gehabt hätte. Wenn ein Turnier oder ein Fest in der Schule stattfand, kamen unsere Eltern fast nie mit, weil sie alleine dagestanden wären.

Fasst man im Zufluchtsland nie richtig Fuss, wird vieles mühsam. Ein Arztbesuch wird erdrückend, ein Ticketautomat wird unverständlich, ein Elternabend wird beschämend, eine Zeitung wird ein Wirrwarr, ein Telefongespräch wird unmöglich, eine Arbeitsbemühung wird aussichtlos. Die Liste lässt sich ins Unendliche weiterschreiben; schlussendlich führt man sein Leben auf reiner Existenzbasis. Für Asylbewerber erfordern fast alle Lebensbereiche sehr viel Ausdauer und Demut. Gleichzeitig bringen viele Situationen Erniedrigung und mit den Jahren Ernüchterung mit sich. Dieses Gefühl des Ausgeliefertseins und Ausgeschlossenseins entkräftete unsere starken Charaktere. Wir waren ständig bedrückt.

Was wäre passiert, wenn unsere Eltern sich integriert hätten? Das habe ich mich viele Male gefragt. Ich hätte es mir so sehr gewünscht. Ich sehnte mich nach kompetenteren Eltern. Aber meine Eltern lebten am Rande der Gesellschaft und ich schämte mich dafür. Dazu kam die Angst davor, was geschehen würde, wenn unser Asylantrag abgelehnt und wir ausgeschafft würden. «Wann endet diese Lebensreise endlich?», fragten wir uns täglich.

Das Wort «negativ»

«Was steht in diesem Brief?» Ich kam gerade von der Schule nach Hause, als meine Mutter mir einen bereits geöffneten Umschlag in die Hand drückte. «Lies und übersetze ihn mir!», sagte sie drängend. Ich fing an zu lesen. An den genauen Wortlaut erinnere ich mich nicht mehr. Ich weiss aber noch genau, wie ich nach dem Lesen zu meiner Mutter sagte: «Unser Asylantrag ist abgelehnt worden. Wir haben einen negativen Entscheid erhalten.»

Im Brief wurden wir darauf hingewiesen, dass wir entweder innerhalb von dreissig Tagen Rekurs einreichen oder das Land bis zu einem bestimmten Zeitpunkt verlassen mussten. Der Albtraum meiner Mutter war wahr geworden. Jeden Tag war sie mit grosser Angst zum Briefkasten gegangen, um nachzuschauen, ob ein Brief des Staatssekretariats für Migration in Bern gekommen war.

Was macht man, wenn man vier Jahre in einem Land verbracht hat und dann ein negativer Entscheid kommt – man angewiesen wird, das Land in Kürze zu verlassen? Die Leere wird zur Tatsache, und Ohnmacht überrollt dich. Die Machtlosigkeit macht dich zornig. Ob du ein Kind bist oder ein Erwachsener, alles bricht in sich zusammen. Eine tiefe Trauer umzingelte uns.

Was hat dieser Brief in uns ausgelöst? Meine Worte reichen nicht aus, um dieses Gefühl zu beschreiben. Dass wir bei manchen unerwünscht waren, hatten wir in verschiedenen Lebenssituationen ja bereits gespürt. Aber in dieser Verfügung stand es zum ersten Mal schwarz auf weiss.

Ihr wollt meine Familie und mich nicht? Warum sind wir denn schon so lange da? Warum habt ihr diese Entscheidung getroffen? Warum dürfen wir nicht weiterhin hier leben? Wieso dauerte dieser Entscheid denn so lange? Wofür haben wir uns denn von Grund auf ein neues Leben aufgebaut? Wozu haben wir uns denn all die Jahre so schlecht gefühlt und versucht, so gut es ging, anzupassen? Für wen waren wir denn noch wichtig? Diese Fragen beschäftigten mich damals als Fünfzehnjährige nach dem negativen Asylentscheid.

Wohin sollten wir gehen, wenn die definitive Entscheidung nach dem Rekurs ebenfalls negativ wäre? Manche der Asylsuchenden kehren nach einem negativen Asylentscheid der Schweiz nicht einfach freiwillig den Rücken, ganz im Gegenteil. Zu denen, die sich entgegen der Verfügung weigerten zu gehen – egal, was es psychisch, physisch und anderweitig kostete – gehörten auch meine Eltern und manche Dorfbewohner. Kürzlich traf ich eine damalige Angestellte der Stiftung. «Weisst du, Elvan, Wolfgang hat die Unterschriftensammlung lanciert. Wir haben es vor allem für dich getan. Du hast dich so sehr bemüht.»

Der Gedanke, aus der Schweiz weggehen zu müssen, nachdem wir bereits in der Türkei zweimal aus unserem Umfeld gerissen worden waren, war schrecklich. Ganz unmöglich war für mich aber der Gedanke, in die Türkei zurückgeschickt zu werden. In ein Land, das ich bereits zu vergessen begann. Ich fing in dieser aussichtslosen Lage sogar an, eigene Pläne zu schmieden. Meine Deutschlehrerin kam mir als erstes in den Sinn. Ich musste mit ihr reden, vielleicht konnte sie mir helfen. Ich sah ja, dass Schweizer Kinder absolut frei aufwuchsen und vieles taten, wovon wir nicht einmal träumen durften. Vielleicht kannte sie eine Möglichkeit, die mir nicht bekannt war. Doch ein Gespräch mit meiner Deutschlehrerin machte mir klar, dass nichts in ihrer Macht stand. Ins Ausland konnte ich nicht verreisen, denn bis zum definitiven Asylentscheid und zur Erteilung einer Aufenthaltsbewilligung darf man das Land nicht verlassen. Eine illegale Reise erschien mir somit die einzige Möglichkeit. Ich begann jeden Rappen zu sparen. Dass mein Alter es nicht zuliess, auf eigene Faust einen neuen Lebensabschnitt zu beginnen, bemerkte ich ziemlich schnell. Doch ich wagte den Schritt, weil zwei Freunde aus jugendlichem Frust ebenfalls von zu Hause weggehen wollten. Mit ihnen wollte ich mit, weg aus der Schweiz. An der Grenze zu Italien wurden wir aus dem Zug abgeholt und zu einem Polizeiposten gebracht. Man schloss uns ein, bis unsere Eltern in der Nacht eintrafen. Ich bekam in diesen Tagen wieder Asthmaanfälle. Diese hatte ich schon als Baby erlitten, als wir zum ersten Mal fliehen mussten.

Rekurs einzureichen war die letzte Option. Kurzerhand ergriffen meine Eltern die Initiative. Mein Vater organisierte einen Anwalt, der für uns Rekurs einreichte. Dann mussten wir wieder einmal warten. Aber diesmal war es ein anderes Warten. Wir wussten alle, dass von einer einzigen Entscheidung unsere weitere Existenz abhing. Wir waren nervlich am Ende, voller Nöte und völlig niedergeschmettert. Ich suchte Trost in der Natur, mein Bruder suchte Trost in sportlichen Betätigungen und meine Schwester in Kontakten mit Freunden. Die traurigen Blicke meiner Mutter wurden immer trauriger. Mein Vater flüchtete sich mehr und mehr von zu Hause weg.

Wir warteten ein Jahr. Nach dieser langen, sehr belastenden Zeit der Ungewissheit über unser Aufenthaltsrecht erhielten wir endlich Bescheid – diesmal war er positiv. Wir bekamen die Aufenthaltsbewilligung B. Es war ein humanitärer Entscheid mit der Begründung, wir seien gut integriert.

Nach so viel Qual fühlten wir uns gedemütigt. Es war absolut nicht nötig, als Weltbürger solchen prägenden negativen Zuständen unterworfen zu sein und derart harte Erfahrungen als Aussenseiter zu machen. Das Erlebte hat unser ganzes Leben beeinflusst. Nach fast fünf Jahren Aufenthalt in der Schweiz dämmerte es mir, was es bedeutet, Asylsuchende zu sein.

Ich lief schnurstracks zur Tür

«Isabelle, komm nach vorne und lies deinen Aufsatz vor!», forderte der Lehrer meine Freundin auf. Das war mir furchtbar peinlich. Ich sagte empört: «Nein! Sie haben mir versprochen, dass Isabelle diesen Aufsatz nicht vorlesen wird!» Ich kämpfte mit den Tränen und stand schliesslich auf und verliess das Schulzimmer, während ich meiner Freundin zurief: «Tu es nicht, das darfst du nicht!» Wutentbrannt sass ich danach in der Aula auf dem Boden, als ich plötzlich meinen Vater erblickte, der gerade auf das Schulhaus zulief. Wir setzten uns auf die Stühle in der Aula. «Warum bist du hier?», fragte ich beunruhigt. «Dein Lehrer hat beim Bauunternehmen angerufen und mir mitgeteilt, dass es Probleme mit dir gab. Der Vorarbeiter hat mich hierher gefahren.» Dass mein Lehrer meinen Vater angerufen hatte, machte mich noch wütender. Ich erzählte, was vorgefallen war. «Ich bin von meinem Lehrer enttäuscht. Er hat versprochen, dass niemand von dem Aufsatz erfahren wird. Schliesslich ist es unser Geheimnis, dass wir von zu Hause abgehauen sind.» Mein Vater stellte kurz und bündig fest: «Du musst nachgeben, sonst wird die Situation für dich noch schlimmer.» Verwirrt blickte ich ihn an, doch im gleichen Atemzug wusste ich, dass ich mich schon wieder unterordnen musste.

In der Oberstufe wusste man über unseren Status als aufgenommene Flüchtlinge Bescheid. So lange ich noch die Aufenthaltsbewilligung B besass, durfte ich an Klassenfahrten in der Schweiz teilnehmen. Sobald wir aber über die Grenze reisten, musste ich als einzige Schülerin zu Hause bleiben. Die Einreise ins Ausland war mit einer Visumspflicht verbunden. Ein Visum wurde für mich nie beantragt. In der ersten Oberstufe fuhren wir ins Klassenlager ins Tessin, nahe der Grenze zu Italien. Höhepunkt dieser Woche war ein Marktbesuch in Luino. Ich freute mich wie alle anderen Schulkameraden, bis mir erklärt wurde, ich dürfe nicht mitgehen. Luino lag jenseits der Grenze. Den ganzen Nachmittag sass ich traurig herum. Auch in der Berufsschule erlebte ich, wie meine Klassenkameraden ohne mich verreisten, diesmal nach Amsterdam. Dabei hatte mir mein Lehrer im Vorfeld sogar die Aufgabe übertragen, das Geld für unsere Reise zu sammeln. Verantwortungsvoll zog ich das Geld von meinen Schulkameraden ein und hakte einen Namen nach dem anderen ab. Als es soweit war, war ich wieder einmal die einzige, die nicht mitgehen durfte.

Im dritten Schuljahr der Oberstufe stand ich als Ausländerkind vor einer grossen Hürde. Es galt, in verschiedenen Betrieben schnuppern zu gehen. Mein erstes Schnuppern absolvierte ich in einem Kindergarten. Die Kindergärtnerin kannte ich persönlich. Kürzlich habe ich sie wieder getroffen: «Elvan, erinnerst du dich noch, was du damals im Kindergarten gebastelt hast?» «Ja», sagte ich. «Ich habe es immer noch, dein Huhn.» Kindergärtnerin war ein Wunschberuf, den man nur mit einem Studium erreichen konnte, also aussichtslos. Danach ging ich zu meinem Zahnarzt, der mir einige meiner wichtigsten Zähne gezogen hatte, und fragte, ob ich ein paar Tage als Zahnarztgehilfin schnuppern könnte. Als gute Kundin durfte ich zwar schnuppern, doch der Zahnarzt konnte mir keine Lehrstelle anbieten. Auf alle anderen Anfragen für eine Schnupperwoche bekam ich eine negative Antwort.

Nach meinem Realschulabschluss kam es, wie es kommen musste. Es war wie vorprogrammiert. Trotz intensiver Suche und vieler Bemühungen fand ich keine Lehrstelle. Verzweiflung ist ein simpler Ausdruck für meinen Zustand, dahinter steckte noch viel mehr. Im letzten Schuljahr erfuhr ich, wie schwer es Migrantenkinder haben, eine Lehrstelle zu finden. Mit einem Realschulabschluss standen mir nicht viele Türen offen. Bereits Schnuppern war fast unmöglich. Erst recht konnte ich keine Lehrstelle finden – obwohl meine schulischen Leistungen gut waren und ich überaus interessiert war.

So machte ich mich auf die Suche nach weiteren Optionen. Bald fand ich Arbeit in einer Fabrik. In einer Seidenzwirnerei stellte man mich als Zwirnerin an. Fast ein Jahr lang stand ich im Wochentakt um vier Uhr morgens auf und machte mich in der Dunkelheit der Nacht auf den Weg zur Arbeit. Eine Woche darauf machte ich mich in der Dunkelheit der Nacht auf den Nachhauseweg. Tagein, tagaus spulte ich Seidengarne neu auf, damit sie zu noch feineren Seidenfäden verarbeitet werden konnten. Ich fädelte die Fäden von Hand ein und drückte den Startknopf der Maschine. Danach lief ich wie auf Patrouille vor den langen Maschinen hin und her, um zu überprüfen, ob die Fäden gerissen waren. Falls ja, musste man die Spule erneut einfädeln. Eines Tages breitete sich in meiner linken Hand oberhalb des Daumens ein Schmerz aus. Drei Ärzte untersuchten meine Hand. Der vierte Arzt fand schliesslich den Ursprung des Schmerzes, der bereits über ein Jahr andauerte: «Sie haben einen Knochenbruch erlitten.»

So zogen sich viele Missstände durch unser Leben. Wenn die Integration der Eltern scheitert, wird der Lebensweg für die Kinder beschwerlicher. Statt ein zehntes Schuljahr zu absolvieren oder mich anders zu orientieren, schlüpfte ich in die Rolle der hoffnungslosen ausländischen Schulabgängerin, die keine Lehrstelle hatte. Doch ich bemühte mich nach einer Möglichkeit. Nicht wegen des Geldes, sondern um nicht zu Hause bleiben zu müssen. Von Natur aus bin ich ein tüchtiger Mensch. Untätig herumzusitzen kam für mich nicht in Frage.

«Machen Sie eine Ausbildung zur Coiffeuse oder versuchen Sie, eine Lehrstelle im Verkauf zu kriegen.» Dies war der niederschmetternde Ratschlag der Berufsberatung. Eine Autoritätsperson empfahl mir Berufe, die ich mir nicht einmal im Traum ausmalen konnte. Hätte ich damals gewusst, dass Autoritätspersonen auch nur ihre eigene beschränkte Sichtweise wiedergeben, hätte ich eine solche Berufslehre wahrscheinlich sein gelassen, denn eigentlich wollte ich unbedingt den Weg des Studiums einschlagen. Aber jedes Mal, wenn ich scheu meine Wünsche äusserte, wurde abgewinkt mit der Erklärung: «Leider haben Sie keinen höheren Schulabschluss.» Bei all diesen Beratungen presste man mich in ein Schema, das mir absolut nicht entsprach. Warum wurde mir nie aufgezeigt, was ich hätte tun müssen, um den von mir gewünschten Weg einschlagen zu können? Hat denn nie jemand wahrgenommen, wie verzweifelt ich war?

Trotzdem suchte ich, wie mir geraten wurde und ziemlich verzweifelt, eine Lehrstelle im Verkauf. Eine Ausbildung zur Coiffeuse kam für mich nicht in Frage. Ich konnte mir nicht vorstellen, fremden Menschen in die Haare zu fassen. Ich bekam von der Beraterin mehrere Listen mit Adressen von Geschäften, bei denen ich mich als Verkäuferin bewerben konnte. Ich schrieb fast täglich eine Bewerbung, stets mit der Hoffnung, jemand werde mich einstellen. Nach langer Suche fand ich schliesslich kurz vor den Sommerferien eine Lehrstelle als Uhren- und Bijouterie-Verkäuferin. Bevor ich die Lehre anfangen durfte, wurde bei der Fremdenpolizei die Arbeitserlaubnis ersucht. Die Entscheidung war positiv.

Der Uhren- und Bijouterieladen war ein kleiner Dorfladen – entsprechend gering war die Kundschaft. Geführt wurde das Geschäft von einem älteren Ehepaar. Während ich mich mit dem Mann, meinem Lehrmeister, sehr gut verstand, fand ich zu seiner Frau nie wirklich Zugang. Ich war den beiden zwar dankbar, dass sie mir die Möglichkeit boten, eine Lehre zu absolvieren. Gleichzeitig fühlte ich mich niedergeschmettert. Denn diese Lehre passte gar nicht zu mir. Ausserdem hatte ich fast nichts zu tun. Krampfhaft suchte ich mir Beschäftigungen, damit die Zeit verging. Im Frühling und im Sommer putzte ich mehrmals wöchentlich die Schaufenster. Oft dekorierte ich die Schaufenster selbst. Ich polierte die eben schon polierten Schmuckstücke. «Willst du mit dem Hund spazieren gehen?», fragte mich meine Chefin eines Tages. Ich nickte. Somit ging ich von Zeit zu Zeit mit Joy Gassi. Auch zum Einkaufen wurde ich geschickt, um den Tag irgendwie zu Ende zu bringen.

Ich war völlig unterfordert. Trotzdem quälte ich mich jeden Tag in Rock und Blazer zu meinem Arbeitsplatz, ohne mich über meine Situation zu beschweren. Aber in mir kochte es gewaltig. Einige Male versuchte ich, meinem Vater zu sagen, dass ich keine Verkäuferin sein wolle und diese Lehrstelle mich sehr unglücklich mache. Seine Antwort war: «Halte durch, meine Tochter! Du hast keine andere Wahl.»

Wenige Wochen vor meinem Lehrabschluss passierte das, was ich zwei Jahre lang befürchtet hatte: Zwischen der Frau meines Lehrmeisters und mir kam es zu einer Auseinandersetzung, und dies, weil ich zum ersten Mal meinen Standpunkt vertrat und nicht wie sonst alles herunterschluckte. Dazu kam es, weil ich einige Wochen zuvor einen Streit mit meiner Kindheitsfreundin hatte. Zwischen uns war ein eisiges Klima ausgebrochen, wir sprachen nicht mehr miteinander. An diesem Tag erschien meine Freundin mit einer Uhr im Laden. Die Frau meines Lehrmeisters und ich waren im Büro im Obergeschoss, als sich die Ladentüre öffnete und meine Freundin eintrat. Ich schaute die Frau meines Lehrmeisters an und sagte: «Wir sind zerstritten und sprechen zurzeit nicht miteinander. Würden Sie sie bitte bedienen?» Sie war entsetzt über meine Frage. Trotzdem ging sie in den Laden und nahm den gewünschten Batteriewechsel an der Uhr vor, was keine zwei Minuten in Anspruch nahm.

Nach der Verabschiedung kam die Frau des Lehrmeisters hinauf und schimpfte mit mir auf unschöne Art und Weise. Ich fühlte mich derart erschlagen, dass ich wortlos zur Toilette ging. Das war der einzige Ort, wo ich für kurze Augenblicke allein sein konnte. Im Spiegelbild sah ich meine Augen voller Tränen. Dies war der Augenblick, in dem ich mich entschloss, meinen Lehrbetrieb zu verlassen. Ich lief schnurstracks zum Büro.

Ich packte das Foto meiner Familie aus meiner Kindheit, damals mein einziges Hab und Gut aus dem Herkunftsland, das ich auf meinem Bürotisch aufgestellt hatte, in meine Blazertasche und lief die Treppe vom Büro hinunter in den Laden. Die Frau meines Lehrmeisters sass mittlerweile mit einem Ehepaar am Verkaufstisch. Ich lief geradeaus zur Türe, öffnete sie, drehte mich um und sagte: «Ich gehe und komme nie wieder zurück!» Sie schaute mich entgeistert an, ohne ein Wort zu finden. Als ich die Türe hinter mir schloss, hatte ich das Gefühl, gerade aus einem Albtraum erwacht zu sein.

An diesem Tag fehlten mir exakt drei Wochen bis zu meinem ordentlichen Lehrabschluss. Die Woche zuvor hatte ich die Lehrabschlussprüfung hinter mich gebracht, wusste zu diesem Zeitpunkt aber noch nicht, ob ich sie bestanden hatte.

Auf dem Weg nach Hause sagte ich mir, dass ich das Beste aus der Situation gemacht hatte. Ich konnte und wollte mich nicht mehr in ein aufgezwungenes Schema pressen lassen. Ich ertrug es nicht mehr länger, dass mir gesagt wurde, wie ich zu sein und zu leben habe. Ich war an einem Tiefpunkt angelangt und zugleich spürte ich unendliche Erleichterung. Zum ersten Mal in acht Jahren in der Schweiz war ich für mich selbst eingestanden.

Auf der Suche nach Heimat

Am Abend desselben Tages geschah noch etwas anderes, das für mein Leben entscheidend war. Die Gemeindeversammlung stimmte über den Einbürgerungsantrag von mir und meinem Bruder ab. Ich hatte ihn zwanzig Monate zuvor eingereicht, nachdem ich erfahren hatte, dass für Kinder und junge Erwachsene eine beschleunigte Frist gilt. Normalerweise kann man das Bürgerrecht erst nach zwölf Jahren Aufenthalt in der Schweiz beantragen. Bei Kindern werden die im Land verbrachten Jahre aber doppelt gezählt. Mit siebzehn Jahren hatte ich damals den Einbürgerungsantrag ausgefüllt und eingesandt.

Gemeinsam gingen mein Bruder und ich zur reformierten Kirche, wo die Gemeindeversammlung stattfand. Ich war schon rot angelaufen, bevor wir die Kirche betraten. Es waren exakt 35 Stimmberechtigte da. Die meisten waren schon älter und musterten uns. Wie immer an Gemeindeversammlungen gab es die Möglichkeit, ans Rednerpult zu treten und sich zu den Anträgen zu äussern. Als meine Einbürgerung behandelt wurde, trat ein Mann ans Mikrofon und sagte zu den Anwesenden: «Sie hat heute ihre Lehre abgebrochen!»

Dieser Satz widerhallte in meinen Ohren. Jemand aus meinem Lehrbetrieb hatte keine Minute verstreichen lassen und den Vorfall umgehend der Gemeinde gemeldet. Das Ungerechte an dieser Situation war, dass sich niemand für meine Sicht zu interessieren schien. Niemand fragte mich, warum ich gegangen war. Stattdessen wollte mich jemand für meinen – in meinen Augen – mutigen Entschluss bestrafen. So hätte sich keine Schweizerin benommen, war die Botschaft.

Glücklicherweise liessen sich die meisten von diesem Antrag nicht beirren. Ich wurde eingebürgert, mit 32 Ja-Stimmen und etwas Enttäuschung. Mein Bruder wurde mit 35 Ja-Stimmen eingebürgert. Nun waren auch wir Bürger dieser Nation. Was es wohl bedeutete, Schweizerin zu sein?

Eines Tages brachte dic Post meinen roten Pass mit dem weissen Kreuz. Ich war sehr glücklich und stolz über meinen Schweizer Pass. Mittlerweile sind zwanzig Jahre vergangen, und noch heute hege ich die gleichen positiven Gefühle.

Nun war ich eine, die dazugehörte. Ich durfte meine Meinung äussern und wie eine Schweizerin in absoluter Freiheit leben – so dachte ich mir. Aber: Ich hatte keinen schweizerischen Namen, ich war nicht in der Schweiz geboren und sowohl meine Erscheinung als auch mein Akzent verrieten, dass ich ursprünglich nicht von hier kam. Weiterhin liessen mich viele Mitbürger wie auch interessanterweise alle Immigranten spüren, dass ich eine Ausländerin war. Ernüchterung und Unvollkommenheit prägten weiterhin mein Leben.

Auf dem Papier war ich nun zwar Schweizer Bürgerin. Aber die Möglichkeiten, welche Bürger dieser Nation von Geburt an haben, bekam ich nie. Ein gelassenes Zuhause kannte ich nicht. Liebevolle Unterstützung erhielt ich lange Jahre nicht. Ein tröstendes Wort hörte ich kaum mehr, nachdem ich ein Asylantenkind wurde. Ich konnte nicht studieren, ich konnte nie eine Sportart ausüben oder ein Musikinstrument spielen, so sehr ich mir dies auch wünschte. Meine Teenagerjahre konnte ich nicht unbekümmert geniessen. Nie besass ich die gewöhnlichsten Dinge, die Schweizer Kinder besassen, ob dies nun ein Fahrrad oder ein Zeichenblock war. Nie sprach mich ein Schweizer Junge an. Nie durfte ich auf Skiern stehen, ausser an einem Sporttag. Nie konnte ich mit einer Freundin Ferien machen. Nie konnte ich mir erlauben, aus dem vorgegebenen Schema auszusteigen. Die gewöhnlichsten Dinge schienen oft unerreichbar. Ich musste immer mehr leisten als die anderen, egal, worum es sich handelte.

Wo ist Heimat? Wo die eigenen Wurzeln sind? Natürlich ist Heimat in erster Linie dort, wo die Wurzeln sind. Tatsache ist jedoch, dass ich unmittelbar nach meiner Geburt durch die Umstände dazu gezwungen wurde, unter der Obhut meiner Familie zu fliehen. Das wiederholte sich noch zweimal. Umso grösser war meine Sehnsucht nach einer Heimat.

Mein Lebensabschnitt als Asylsuchende war bis jetzt die schwierigste Zeit meines Lebens. Vor allem der letzte Abschnitt der Flucht – das Überqueren der Schweizer Grenze bei Nacht – war so schrecklich, dass ich später nicht nur diese Nacht, sondern die ganze Fluchtreise und auch meine Erfahrungen als Asylantenkind aus dem Gedächtnis zu verbannen versuchte. Zwischen meinem Leben in der Türkei und meinem Leben in der Schweiz gab es einen Bruch – bis eines Tages das Verlangen in mir aufstieg, dieses Buch zu schreiben. Ich war damals Mitte Zwanzig. Dies brachte einen Stein ins Rollen, der einen grundlegenden Verwandlungsprozess in mir auslöste.

Mein Leben war in jenen Jahren ein Kampf. Ich kämpfte um meine Existenz, um mein Dasein und darum, meine Defizite wettzumachen und zu genügen. Dies gelang mir jedoch selten, denn die Realitäten des Ausländerseins waren stärker als mein Wille. Eine Lebenskrise und ein Stoppschild auf der Strasse liessen mich schliesslich jäh innehalten. Ich konnte mein Dasein so nicht mehr weiterführen. Ich rannte von einer Verpflichtung zur anderen. Ich hatte mich selbst in ein Schema hineingepresst, aus dem ich doch eigentlich entfliehen wollte. Ich bemerkte, dass die verinnerlichte Fremdbestimmung meine starke Persönlichkeit untergrub. Meine Frohnatur und mein unerschütterlicher Optimismus waren in diesem Lebensabschnitt meine besten Helfer. Durch all die Erfahrungen von Leid fand ich eine Urkraft in mir. Ich entschloss, eine von hier zu werden.

Zu jener Zeit, vor neun Jahren, bot sich die Gelegenheit, eine Vollzeitweiterbildung als Kauffrau zu absolvieren. In der Schule sass ich in der ersten Reihe. Meine Kollegin links von mir war Anna, links von ihr eine Schwarzafrikanerin, Cyntia. Gewöhnlich versteckte ich mich gerne hinter den anderen, doch diesen Platz mochte ich auf Anhieb. Rechts von mir blieb der Stuhl für drei Wochen leer. In jener Woche am Freitag fragte unsere Deutschlehrerin: «Wer hat Mühe, vor einem Publikum aufzutreten und zu reden?» Ich erinnerte mich an meinen Entschluss, eine von hier zu werden, und streckte ohne zu zögern meinen Finger hoch. Als die Lehrerin wissen wollte, warum ich nicht vor Publikum auftreten wollte, erklärte ich in wenigen Sätzen, dass ich seit zwanzig Jahren rot anlaufe und mein Atem stockt, wenn ich vor Menschenmengen stehe, weil ich als Flüchtlingskind zur Schau gestellt worden sei. In der Pause kam ein älterer Herr zu mir, der im Klassenzimmer zuvor neben Schweizer Teenagern sass. Scheu fragte er mich: «Ist der Platz neben dir immer noch frei?» Ich nickte stirnrunzelnd und wollte zugleich, den Grund wissen, warum er sich als Sitznachbar zu mir gesellen wollte. «Gefällt dir dein Platz nicht mehr, neben den Teenagern?» Seine Antwort ist mir bis heute geblieben: «Du bist eine starke Persönlichkeit. Ich dachte, du signalisiertest: Kommt mir ja nicht zu nahe! Doch mein Schubladisieren hat mich getäuscht. Ich erlebe, dass du offen, authentisch und voller Lebensfreude bist. Und ja, ich möchte nicht mehr neben den Jugendlichen sitzen. Ich bin viel zu alt für den Kindergarten.» Nach zwei Jahren Ausbildungszeit waren Walter und ich Lebensfreunde geworden. Am letzten Schultag sagte er mir: «Du hast in den letzten zwei Jahren eine aussergewöhnliche Entwicklung durchgemacht. Ich erkenne die Elvan von damals nicht mehr wieder. Geh mutig und ebenbürtig deinen Lebensweg. Dein Potenzial ist enorm.»

Seither habe ich mich kontinuierlich weiterentwickelt. Ich habe Möglichkeiten erhalten, die Kleider der Fremdbestimmung und des Ausgeliefertseins abzulegen. Sehr geholfen hat mir auch, dass mein Sohn im gleichen Jahr eingeschult wurde. Ich konnte mich auf selbstverständliche Weise unters Volk mischen, am Schweizer Alltag teilnehmen. Ich habe nun das Gefühl, dazuzugehören und das Leben bestätigt mir dies täglich. Walters Rat und meine Erkenntnis, dass das Leben zu kostbar ist, um davon auch nur einen Augenblick zu vergeuden, prägen mein Dasein.

Heute, nach fast drei Jahrzehnten, erlaube ich mir, die Schweiz zu meiner Heimat zu erklären. Auch wenn ich nicht hier geboren wurde. Auch wenn man meinen Nachnamen nicht auf Anhieb versteht. Mit Heimat meine ich, dass ich eine Mitbürgerin dieses Landes bin. In der Schweiz konnte ich mein Lebenszelt aufschlagen. Ihre Freuden sind auch meine Freuden, ihre Trauer ist auch meine Trauer.

Eines Tages, vor sieben Jahren, sass ich am Weiher, dort, wo ich aufgewachsen bin. Der Zürichsee lag vor meinen Augen. Ich nahm einen tiefen Atemzug, schaue hoch in den Himmel und sagte: «Unendlichen Dank, Allah, dass ich ankommen durfte!» Seit jenem Augenblick hat sich mein Leben verändert. Seit jenem Tag habe ich meine Heimat und meinen Platz in meiner Heimat gefunden. Seit jenem Tag gehöre ich zu dieser Gesellschaft. Seit jenem Tag lebe ich liebend gerne hier in der Schweiz.

Nachwort

«Wir kommen eines Tages auf die Welt und gehen eines Tages von dieser Welt. Das, was wir dazwischen erleben, ist unser Reichtum.» Dies schrieb ich vor fünf Jahren auf eine Kondolenzkarte für meine Freundin Claudia, deren Mann mit 43 Jahren an einem Schlaganfall gestorben war.

Meine Geschichte zeigt auf, wie sich ein Leben als ehemalige Asylsuchende in der Schweiz entwickeln konnte. Auch wenn vieles schmerzlich war und ich manchmal mit Wehmut an das Erlebte zurückdenke, glänzen meine Augen angesichts des Lebens, das ich heute führen darf. Ich bin zutiefst dankbar für alles, was mir tagtäglich geschenkt wird.

Wenn ich uns Menschen betrachte, sehe ich mit Staunen das Wunder, das wir sind. Im gleichen Atemzug nehme ich auch unsere Kehrseite wahr. Eine Kehrseite, die alles in sich birgt.

Es ist nicht relevant, woher wir stammen, welche Traditionen wir haben, welcher Religion oder welchen Ethnien wir angehören. Unsere Urbedürfnisse sind auf dem ganzen Erdball dieselben. Wir entstammen alle der gleichen Schöpfung und sind gleichwertige Wesen. Ob Somalier, ob Schweizerin, ob Russe, ob Chinesin, ob Afghane, ob Iranerin, ob Engländer, ob Armenierin, ob Sri-Lanker, ob Malaysierin, ob Argentinier, ob Syrerin – wir begegnen uns in erster Linie als Menschen. Entsprechend der Augenhöhe, auf der wir uns begegnen, erschaffen wir unsere Realität. Eine Realität, in der jeder Weltbürger dafür verantwortlich ist, wie sich die Weltgeschichte weiter entwickelt.

Mein Beitrag zur Weltgeschichte ist dieses Buch, neben meinen täglichen Bemühungen. Der Beitrag mag klein sein, doch ich hoffe, er ist gross genug, um Ihnen nahe zu bringen, wie sich ein Mensch im Asylstatus fühlt.

Vielleicht erreichen wir mit einer anderen Haltung die geflüchteten Menschen und können ihre Geschichten verstehen.

Vielleicht können wir ihnen in diesen Jahren des Hoffens und Bangens mehr Respekt entgegenbringen.

Vielleicht ist es eines Tages möglich, das Leiden so vieler Weltbürger – und damit auch die Flüchtlingswelle – zu reduzieren.

Vielleicht denken wir daran, dass gerade in diesem Augenblick, während wir unsere Nahrung geniessen oder in den Abfall werfen, irgendwo ein wertvoller Mensch an Hunger stirbt.

Vielleicht sehen wir die unendliche Fülle auf dieser Erde und geben auch denen einen Teil der Fülle, die fast nichts haben, weil wir so gierig sind.

Vielleicht sind wir dankbar und denken an die Menschen, die uns viele Kostbarkeiten aus anderen Enden der Erde ermöglichen.

Vielleicht empören wir uns eines Tages darüber, dass die dauernde Unterscheidung von den anderen nur Leid hervorruft.

Vielleicht nehmen wir einmal uns selbst unter die Lupe, bevor wir andere kritisieren.

Vielleicht sind wir grosszügig und lächeln jemanden an, den wir nicht mögen.

Vielleicht sind wir eines Tages dankbar für das Anderssein des Gegenübers.

Vielleicht entdecken wir, dass wir nicht nur unser Denken sind, sondern auch Schöpfer unserer Realität.

Vielleicht erkennen wir, dass wir alle dorthin gehen, wohin alle gehen werden, und leben toleranter miteinander.

Vielleicht erreichen wir den Zustand der absoluten Wertschätzung, weil mein Gegenüber auch «nur» ein Mensch ist.

Vielleicht erkennen wir, dass alles ein Geschenk ist.

Danksagung

Sooft wir auch Danke sagen, unsere Worte reichen meist nicht aus, um unseren Dank auszudrücken.

Auch wenn meine Worte nicht genügen …,
… unendlichen Dank, himmlischer Schöpfer für die Möglichkeit des Lebens.
… danke, Mutter & Vater, Schwester & Bruder, für diesen aussergewöhnlichen Lebensweg.
… danke, wundervoller Nur'um, für dein unbezahlbares Dasein, eine tägliche Bereicherung.
… danke, Josué, für das Lächeln meiner Seele, eines der zauberhaftesten Geschenke.
… danke, Maru, Elisabeth, Claudia, Sabine, Walter & Kore, für die Lebensfreundschaften.
… vielen herzlichen Dank, Irene, für deine mich tief berührenden Illustrationen.
… vielen herzlichen Dank, Othmar, für die schöne Gestaltung.
… vielen herzlichen Dank, Martina, für die Klarheit deines Geistes und deiner Worte.
… vielen herzlichen Dank, Benno, für deine Professionalität und nicht zuletzt dafür, dass dieses Werk in deinem Verlag erscheinen durfte.

Geschätzte Leserinnen und Leser

Dieses Buch schrieb ich basierend auf meiner eigenen Flüchtlingsgeschichte, um Ihnen nahe zu bringen, wie sich Menschen aus aller Welt, getrennt von ihrer Heimat, im Asylstatus wahrnehmen.

Eines Tages, damals war ich gerade sechs Jahre jung, ging ich an der Seite meiner Eltern eine Strasse entlang. Plötzlich blieb ich stehen. «Warum sitzt dieser Mann hier auf dem Trottoir und warum liegen Münzen auf dem Tüchlein vor ihm?» Mein Vater drückte mir einen Geldschein in die Hände. Als ich das Geld auf das Tüchlein legte, lächelten die dunklen Augen des Mannes. Er nickte dankend und sagte: «Möge Gott mit dir zufrieden sein.»

Eines Tages, damals war ich 21 Jahre jung und bereits Filialleiterin, wartete ich am Hauptbahnhof Zürich auf das Dreier-Tram. Keine Handtasche, kein Portemonnaie, nichts hatte ich dabei. In meiner linken Hosentasche befand sich nur das Monatsticket. In der rechten Tasche war eine Zweifrankenmünze, das Rückgeld, das mir die Besitzerin der Cafeteria in die Hand gedrückt hatte, nachdem ich zuvor einen Kaffee getrunken hatte. Da lief ein verwahrloster Mann auf mich zu. «Entschuldigung, hätten Sie ein wenig Kleingeld für mich?» Ich schob meine Hände in die eleganten grauen Hosentaschen. Mit dem Zeige- und Mittelfinger meiner rechten Hand tastete ich nach der Zweifrankenmünze und holte sie hervor. «Das ist alles, was ich bei mir habe. Wenn Sie wollen können wir es uns teilen.» Entgeistert schaute mich der Mann an. «Danke für Ihre Grosszügigkeit. Ich will Ihr Geld nicht annehmen.»

Eines Tages, da war ich 35 Jahre alt, stand ich bei der Essensausgabe und schöpfte die Teller beschämt mit der Kelle halbvoll. Das

Essen war wieder einmal knapp bemessen worden. «Darf ich bitte noch ein Stück Brot haben?» fragte ein junger Mann. «Nein. Erst wenn du fertig gegessen hast, kannst du dir nochmals eine Scheibe Brot holen», erwiderte eine gehässige Stimme. Ich war entsetzt. Da hatte jemand mit vollem Bauch einem jungen Mann ein halbes Stück Brot verweigert, vierzehn Millimeter dick geschnitten. Das Blut kochte in mir. Ich griff mit meinen beiden Händen zur Brotschüssel und stellte sie in die Mitte eines langen Tisches, an dem hungrige junge Männer sassen.

Menschen auf der Flucht müssen ihre Kultur und Traditionen zurücklassen, welche Umstände und Beweggründe sie auch immer zum Weggehen gezwungen haben. Sie erleben einen tiefen Bruch in ihrer Identität. Derselbe Verlust, dieselbe Ungewissheit, dieselbe Angst begleiteten mich selbst über Jahre. Ich weiss, was Armut und Not bedeuten.

Ein junger Mann erzählte mir kürzlich im Zug von seinem verlorenen Traum: «Weisst du, Elvan, die Unruhen in meiner Heimatstadt vertrieben uns aus Afghanistan. Diese Konflikte wurden vom Westen geschaffen, denn unser Land ist reich an Bodenschätzen. Auch wenn man studiert hat, wird man in meinem Land ein Leben lang ein Hilfsarbeiter bleiben, wenn man kein Schmiergeld für eine Anstellung bezahlen kann. Ich wollte schon immer studieren und etwas Wichtiges tun. Wofür, frage ich mich heute, wofür bin ich in die Schweiz gekommen? Um nicht einmal einen Schweizer Kollegen zu haben ... Das ist kein Leben.»

Niemand verlässt sein Heimatland einfach so und stellt mit Freudensprüngen einen Asylantrag. Die Mehrzahl der Geflüchteten wird aus einem Boot vor der italienischen Küste gefischt, und viele, allzu viele, ertrinken qualvoll im Mittelmeer. Sie sterben, ohne ein würdiges Grab zu erhalten.

Bei ihrer Ankunft sind die Geflüchteten voller Hoffnung. Doch sie erkennen ziemlich bald, dass sie sich auf einen weiten, unbekannten Weg gemacht haben, der ihnen mit der Zeit die ganze Würde raubt. Viele ziehen weiter, weil es in Italien auch kein Brot für sie gibt. Ihre Wege führen sie in verschiedene europäische Staaten. Bald merken sie, dass sie sich in der Mühle des Dublin-Abkommens befinden. Die allermeisten von ihnen wurden in Italien registriert, weshalb ihr Asylantrag in den anderen europäischen Ländern abgelehnt wird. Damit beginnt ihr Leidensprozess von Neuem. Sie müssen all ihre Hoffnungen begraben, weil sie in Europa keine Chance auf ein Leben in Würde erhalten. Sie ziehen von einem Land zum anderen und finden keine Lösung und keine Bleibe. Freiwillig verlassen sie Europa nicht, denn nach unzähligen Strapazen und Mühen haben sie endlich den hoffnungsvollen Kontinent erreicht, der ihre Vorfahren früher so beschämend behandelt hat.

Das Flüchtlingsdilemma ist nicht nur für die Asylsuchenden selbst, sondern auch für ihre Staaten ein grosses Dilemma. Das Kompetenzgerangel um das Bleiberecht der Flüchtlinge in Europa verschlingt unzählige Geldmittel. Geld, das die administrativen Mühlen in Gang hält und nie seinen Zweck erfüllen kann. Der beidseitige Wunsch nach Integration wird somit von Beginn an in die Hoffnungslosigkeit verbannt.

Es schmerzt, dass die grosse Mehrheit der Weltbevölkerung hungern muss, kein sauberes Trinkwasser hat und auf der Flucht ist. Obwohl der Schöpfer uns alles im Überfluss gibt. Die Gier vieler Menschen, alles ohne Rücksicht auf Mitmenschen und Natur für sich zu behalten, treibt die Misere weiter an.

Wirklich geholfen werden kann Flüchtlingen nur dort, wo sie das Licht der Welt erblickt haben. Menschen den Weg zu ebnen, damit sie ohne Angst zu ihrem Ursprung zurückkehren und sich in ihrer Heimat eine Zukunft aufbauen können, ist mein persönliches Lebensziel und Credo. Ich bin überzeugt, dass sie ihre angeborenen Grundrechte – wie das Recht auf Leben, Freiheit und Sicherheit – wieder erhalten müssen und können.

Deshalb habe ich beschlossen, aus jedem verkauften Buch einen Teilerlös an die Internationale Organisation für Migration (IOM) zu spenden. Die IOM arbeitet nach dem Grundsatz, dass eine humane und geregelte Migration sowohl den Migranten als auch der Gesellschaft zugutekommt.

Die Organisation wurde 1951 gegründet und ist die wichtigste zwischenstaatliche Organisation auf dem Gebiet der Migration. Ihr Hauptsitz befindet sich in Genf. Zurzeit gehören ihr 166 Mitgliedstaaten an, darunter auch die Schweiz. Die IOM unterstützt Migranten, die freiwillig in ihr Herkunftsland zurückgekehrt sind, dabei, sich einen Lebensunterhalt aufzubauen und dazu möchte ich einen Beitrag leisten. Einige Projektbeispiele finden Sie auf der Webseite www.youproject.ch

Herzlichen Dank für Ihre Aufmerksamkeit.
Elvan Göktaş

International Organization for Migration (IOM)

The UN Migration Agency

Geflüchteten Menschen eine neue Perspektive geben

Geschätzte Leserin, geschätzter Leser

Besten Dank dafür, dass Sie sich für den Kauf meines Buchs entschieden haben. Ich möchte damit nicht nur meine eigene Geschichte erzählen, sondern die Gelegenheit nutzen, Menschen zu helfen, die sich selbst hier und heute durch ihr individuelles Migrationsschicksal in einer schwierigen Lage befinden. Besonders denke ich dabei an Personen, die aufgrund ihrer persönlichen Situation und Erfahrungen in Europa wünschen, in ihr Herkunftsland zurückzukehren.

Deshalb habe ich mich entschieden, einen Teil der Einnahmen durch den Verkauf dieses Buchs der Internationalen Organisation für Migration (IOM) zukommen zu lassen. Diese UNO-Organisation unterstützt genau solche Menschen bei der freiwilligen Rückkehr und ihrer Reintegration durch die Umsetzung von individuellen Berufsprojekten in ihren Herkunftsländern unmittelbar nach der Ankunft. Einige Projektbeispiele finden Sie auf der Webseite www.youproject.ch.

Wenn auch Sie mithelfen möchten, Migrantinnen und Migranten eine neue Perspektive zu ermöglichen, können Sie dies mit einer Spende an IOM tun:

- entweder direkt elektronisch auf http://iomdonations.kintera.org/ (bitte wählen Sie «Swiss Return and Reintegration/Göktas Fund» als Ziel Ihrer Spende)
- oder per Banküberweisung:
  Empfänger: International Organization for Migration (IOM)
  IBAN: CH53 0024 0240 C014 5718 0
  Betreff: «Swiss Return and Reintegration/Göktas Fund»

Ich danke Ihnen bereits jetzt herzlich für das Interesse und Ihre Mithilfe.
Gute Lektüre und freundliche Grüsse
Elvan Göktaş

Ein besonderer Dank geht an die folgenden Personen und Institutionen, welche die Realisierung dieses Buches mit einem finanziellen Beitrag ermöglicht haben:

- Römisch-katholische Landeskirche des Kantons Luzern
- Reformierte Kirchen Bern-Jura-Solothurn
- Kommission Kultur der Gemeinde Richterswil
- Josef Müller Stiftung, Muri
- Ferdinand Amsler, Niederhasli
- Monika Ulmann, Luzern

ISBN 978-3-905388-49-7

Autorin: Elvan Göktaş
Lektorat: Martina Läubli
Korrektorat: Mariana Prusák
Illustratorin: Irene Naef
Herausgeber: Benno Bühlmann
Gestaltung: Othmar Huber
Gesamtherstellung: Brunner Medien AG, Kriens

Bestellungen über den Buchhandel oder direkt bei:
db-verlag, Stirnrütistrasse 37, CH-6048 Horw/Luzern
E-Mail: bestellungen@db-verlag.ch
Internet: www.db-verlag.ch